활빈 2

차례

잠행 • 7
장도령 • 22
향실 • 36
밤의 왕 • 54
한수 • 73
환술 • 98
병조판서 • 111
달구와 족제비 • 133
덫 • 151
조참판 • 167
추격전 • 184
재회 • 196
논쟁 • 214
구출 • 227
심판 • 255

활빈 2

잠행

돈이 도는 자리는 비는 일이 결코 없으니, 반드시 새 주인이 나타나는 법이다. 배오개 장터도 그러했다. 허균과 무륜당 패거리가 활동을 멈추자 족제비 조직의 힘도 덩달아 빠졌고, 그렇게 조직의 지배력이 느슨해진 틈을 타 장터를 차지하려는 새 도전자는 꼬리에 꼬리를 물고 나타났다. 최후의 승자는 철두였다.

"도와주십쇼! 두령!"

족제비는 오랜만에 숭례문 밖 산채에서 열린 무륜당 모임을 찾아가 균에게 하소연했다. 균은 냉정한 표정으로 대답했다.

"임금은 무능하고 관리들은 부패하여 사방에 도적떼가 들끓고 있다. 나라에서 대대적으로 토포사를 보내 잡아들이기 시작했음을 너도 알지 않느냐? 세상이 이리 뒤숭숭하니, 포도청에서 한양 장터 왈짜패까지 치는 건 시간문제다. 가뜩이나 우리는 임금 눈에 띄고 말았다. 당분간 나설 수 없는 입장이다."

족제비가 고개를 푹 숙이고 웅얼대듯 말했다.

"배오개를 차지한 게 철두란 놈인데, 예전 제가 모시던 삵 형님의 의붓아들입니다요. 새파랗게 젊은 놈한테 당하려니 자존심이 상합니다요. 네네!"

팔짱을 낀 균이 동료들을 둘러본 뒤 족제비를 향해 나지막이 속삭였다.

"우선 어딘가 멀리 떠나 숨어 지내거라. 도사님께서 돌아오시면 우리도 무슨 수를 낼 수 있을 거다."

머리를 벅벅 긁적인 족제비가 물었다.

"도사님과 홍길동 두령은 언제 돌아오십니까요?"

"글쎄다. 도사님께서 때가 됐다 느끼실 때 불현듯 찾아오시지 않겠느냐?"

한참 동안 이를 악물고 있던 족제비가 침통하게 속삭였다.

"너무 멀리 떠나진 않겠습니다요! 달구 데리고 한양 근처에 숨어 있다 도사님께서 나타나셨단 소식 들리면, 그땐 재깍 돌아오겠습니다요. 네네!"

균이 말없이 고개를 끄덕이자 족제비는 비스듬히 고개를 숙인 채 산채 밖으로 나갔다. 잠시 침묵에 휩싸였던 초립둥이들이 균의 손짓에 따라 바싹 모여들었다.

"균아! 조정이 새 좌의정 손아귀로 들어갔다는데, 정말이야?"

박응서가 급히 물었다.

"맞아. 봉 형님께 나도 들었어. 원로회를 뿌리 뽑지 못한 게 원통하다."

대답하는 균의 표정이 어두워졌다. 심우영이 물었다.

"새 좌의정이 우릴 가만히 둘까?"

서양갑이 끼어들었다.

"그동안 우리가 아무 행동도 하지 않고 잠행해 왔잖아? 먼저 건드리진 않을 거야."

고개를 갸웃한 균이 말했다.

"좌의정 황경욱 대감은 서인당 가운데 과격파였어. 원로회의 숨은 실력자였고. 어떻게 머리를 쓸지 아무도 몰라. 특히 나와 봉 형님은 각별히 조심해야 해."

한숨을 내쉰 응서가 천천히 입을 뗐다.

"맞아! 우리 집안이 서인당이라 잘 알지. 너무 과격해 다들 좌의정까진 오르지 못할 거라 했지만 결국 그 자리를 꿰찼고, 이제 조정까지 틀어쥐었다니 놀라울 뿐이야."

고개를 천천히 끄덕인 균이 초립둥이 무리를 하나하나 바라보며 말했다.

"여기 삼인방은 물론이고, 무륜당 그 어느 누구도 당분간 관가에 꼬투리를 잡히면 안 돼! 내가 과거에 급제해 조정에 들어갈 때까진 조심하고 또 해야 해!"

삼천동천에 모인 원로회는 조직의 새로운 수장인 좌의정 황경욱이 나타나자 일제히 자리에서 일어섰다. 자신보다 나이가 훨씬 많은 선배들 앞을 스치듯 지나 가운데 자리에 앉은 좌의정은 손을 아래로 저으며 모두 앉으라는 표시를 했다.

"모두 편안히 앉으세요. 지금 전라도 완도에 갇혀 계신 강자량 대감과 전 성격이 아주 달라요! 뭐 누구는 저보고 과격하다고들 하시던데, 한참 잘 모르고 하시는 말씀들입니다. 어떤 일도 혼자 결정하지 않을 거고, 어설프게 힘을 과시하지도 않을 겁니다. 아주 꼼꼼하고 치밀할 거란 그 말이지요!"

좌의정은 기골이 장대한 데다 풍성한 몸집을 자랑했고, 둥근 얼굴선에 가늘고 긴 눈꼬리를 지녀 언뜻 사람 좋아 보이는 인상이었지만, 가끔 눈을 치켜뜨면 날카로운 맹수의 눈매가 드러나곤 했다. 그래서인지 동인당 사람들은 그를 영악한 저팔계라고 놀리기조차 했다.

"동인당 사람들이 절 저팔계라고 놀린다면서요? 하하! 돼지가 얼마나 여유 넘치고 덕이 많습니까? 게다가 실은 매우 똑똑해요! 호랑이도 멧돼지를 당해내질 못해요! 하하!"

우렁차게 웃어젖힌 좌의정이 갑자기 얼굴을 굳히고 앞자리에 앉은 병조판서를 향해 말했다.

"신임 병조판서께서 앞으로 하실 일이 많아요. 우리 병판께선

의금부를 쥐락펴락하는 판의금부사를 차지하신 데다, 이제 포도청까지 관장하는 위치에 오르신 게 아닙니까? 지난번엔 포도청 병력을 제대로 간수하지 못해 일이 틀어졌던 거지요. 이참에 동인들을 싹 몰아내 버리셔야 해요!"

갸름하고 긴 얼굴에 검버섯이 심해 얼룩말을 연상시키는 병조판서가 게슴츠레한 눈으로 좌우를 둘러보며 대답했다.

"좌포청 임달충 같은 위인이 다시는 나오지 않도록 조치를 취해 뒀습니다."

좌의정이 병조판서를 그윽이 노려보며 물었다.

"그 임달충이란 자는 어찌 됐나요?"

병조판서가 손바닥을 천천히 마주 비비며 대답했다.

"지난번에 기찰포교를 적극 활용하겠단 말씀 올렸었지요? 허균 형제 주변과 임달충 주변에 그들을 감시할 기찰포교들을 이미 붙여 놨습니다."

"기찰포교라면 일종의 첩자인데, 몇이나 풀었나요?"

"그건 극비입니다. 임금이 요즘 자신감을 얻었는지 국정에 이것저것 개입하고 있지 않습니까? 우리 서인당을 견제하고 싶어 하는 낌새입니다. 여기 원로회 회원들이야 당연히 믿음직하지만, 말이란 게 또 어떻게 새 나갈진 알 수 없는 법이니까요."

고개를 끄덕인 좌의정이 나지막이 속삭이듯 물었다.

"배오개 사정은요? 여태 숨죽이며 눈치 볼 대로 봐 왔으니, 슬슬 돈줄도 되찾아 와야 하지 않을까요?"

가슴을 쭉 펴며 병조판서가 입을 뗐다.

"지금 배오개 패두는 철두라는 애송이 녀석입니다. 힘은 장사지만 머리가 없습니다. 우리가 마음만 먹으면 당장에라도 없애고 다른 허수아비를 세울 순 있습니다만…."

"그럼 당장 세우세요!"

"그게, 다른 거추장스러운 놈이 갑자기 나타나서…."

"다른 거추장스러운 놈?"

주안상에 있는 복숭아 하나를 집어 들어 우적우적 씹던 병조판서가 속삭였다.

"지금 같은 여름엔 복숭아가 제격이지 않습니까? 물론 익을 때까지 기다리는 게 조금 귀찮긴 합니다. 헌데 저는 바로 이 말랑말랑하게 농익은 복숭아를 즐기는 사람입니다."

"그게 대관절 무슨 말이지요?"

"제 귀에 들어온 정보를 오래 묵혀 두고 검토한 뒤 정확히 판단하겠단 말입니다. 한양 저잣거리에 이상한 놈 하나가 불쑥 나타났습니다."

"그게 누구지요?"

"노래도 하고 묘기도 부리는 요술사 녀석인데, 이 녀석이 아주 재밌습니다!"

"재밌다? 뭐가 그리 재밌을까요?"

"원래 우리 서인당이었다가 동인당으로 변절했던 정여립이란 놈 있잖습니까?"

고개를 끄덕인 좌의정이 뚱뚱한 몸을 앞으로 기울이며 물었다.

"정여립? 그 배은망덕한 놈 얘긴 왜 하는 거예요?"

좌우를 두루 둘러본 병조판서가 긴장한 목소리로 대답했다.

"그자가 전주로 내려가 백성들을 선동하고 있다는 소식은 듣지 않으셨습니까?"

"뭐 들었어요. 만민이 평등하다는 둥, 가난한 사람을 먼저 도와야 한다는 둥 헛소리를 지껄인다면서요? 그냥 미친놈 아닌가요?"

"아직은 작은 소란에 불과합니다만, 반역의 성격이 짙습니다."

병조판서를 오래 바라보던 좌의정이 깊은 한숨을 내쉬고 말했다.

"당분간 역모 사건을 또 일으키긴 싫어요! 전 조용히 일하는 걸 좋아하거든요."

병조판서가 입맛을 쩝 다신 뒤 속삭였다.

"그 요술사 놈이 전주에서 올라온 것 같습니다. 장 도령이라 불린다던데, 배오개 주변을 어슬렁대고 있고 말입니다!"

눈을 게슴츠레 뜬 좌의정이 물었다.

"전주에서 막 올라온 요술사가 배오개를 노리고 있다?"

"그렇습니다! 그림이 좋지 않습니까? 놈이 걸려들길 조용히, 아주 조용히 기다리고 있습니다."

무릎을 슬슬 만지던 좌의정이 야릇한 미소를 머금으며 말했다.

"그렇다면, 우선 잘 진행해 보세요. 거 재밌군요! 재밌어요!"

좌의정 황경욱에게는 아무도 모르는 비밀이 있었다. 그가 일곱 살 때였다. 아버지 손에 이끌려 성균관 유생이었던 형을 만나러 가던 길에 그는 뱃속 깊은 곳으로부터 이상한 울렁거림을 느껴 자주 걸음을 멈춰야 했다. 화가 난 아버지는 하인들에게 명령했다.

"당장 데리고 집으로 돌아가거라! 이런 천하에 반푼이 녀석을 봤나!"

반푼이는 몸이 뚱뚱해 움직임이 굼뜨고 머리 쓰는 일 역시 그 못지않게 느렸던 경욱을 부르던 아버지의 평소 호칭이었다. 몸집만 넉넉했지 쓸모는 그 반도 안 된다는 뜻이었다. 형인 상욱은 그 반대였다. 이른 나이에 글을 깨쳐 성균관에 들어간 상욱은 비쩍 말라 몸은 볼품없었지만 머리는 몹시 비상했다. 대구에서 한양으로 홀로 올라와 자수성가한 아버지는 그런 맏아들을 애지중지해 이렇게 말하곤 했다.

"내가 초시에 합격하고 한양에 왔을 때 아무도 도와주는 이가 없었다. 먼 친척들 집을 떠돌며 비렁뱅이처럼 살았다. 악착같이 노력해 성균관에 들어가고 보니 그제야 사람들이 조금씩 날 알아줬다. 그 뒤론 순풍에 돛을 단 듯 일이 술술 풀리더구나. 나는 오직 공부만으로 이 자리에 이르렀다. 그러니 상욱이는 승정원 승지에 머문 나를 훨씬 뛰어넘어야 한다."

경욱은 그런 아버지를 미워하지 않았고, 공부 잘하는 형을 질투하지도 않았다. 그는 먹는 것 좋아하고 틈만 나면 방안에서 뒹굴며 코딱지나 파는 철부지 꼬맹이였다. 그런데 그날은 달랐다. 뱃속 저 안으로부터 치민 구역질은 집으로 돌아와서도 그치지 않더니, 저녁 무렵 똑똑한 맏아들을 만나고 돌아와 신이 난 아버지가 자신을 꾸지람하자 한순간에 폭발하고 말았다. 일곱 살 꼬마는 황소처럼 씩씩대며 온종일 먹은 걸 꾸역꾸역 토해내 아버지 방을 온통 더럽혔다.

아마 그날부터였을 것이다. 경욱은 형을 없애 버려야겠다고 결심했다. 난데없이 공부에 매달리기 시작한 그는 맛난 음식을 먹듯 탐욕스럽게 지식을 섭취해 어느덧 신동 소리를 듣는 경지에 이르렀다. 기적 같은 반전에 형은 기절초풍했고, 아버지는 뒤바뀐 형제의 서열을 어떻게 정리해야 할지 몰라 당황했다. 그런데 서열 정리는 애초부터 필요 없었다. 비쩍 마른 데다 입도 짧아 영양상태가 나빴던 형은 어차피 단명할 팔자였다. 형 상욱은 대과에 응시조차 못해 보고 이른 나이에 죽었다.

상욱은 죽기 직전 이렇게 말해 아버지를 충격에 빠트렸다.

"아버님! 경욱이가 절 죽이는 겁니다! 전 압니다! 저 녀석이 끝없이 제 꿈에 나타나 글을 읽고 또 읽더이다! 그 소리에 잠도 제대로 잘 수 없었고, 음식도 넘어가지 않았습니다! 경욱이 놈이 꿈으로 절 죽이고 있습니다!"

아버지 옆에서 형의 절규를 지켜보던 경욱이 속삭였다.

"아니야. 그게 아니야. 난 그저 이상한 스님에게 소원을 빌었을 뿐이야."

상욱이 끝내 숨지자 대성통곡하던 아버지가 경욱에게 물었다.

"이상한 스님은 도대체 어떤 놈이며, 그자에게 무슨 소원을 빌었느냐?"

경욱은 무덤덤한 표정으로 형의 시신을 내려다보며 대답했다.

"갑자기 제 머리 안에서 목소리가 들렸어요. 제일 하고 싶은 게 뭐냐고 물었거든요. 자기는 스님이라면서. 그래서 형보다 공부 잘하게 해달라고 빌었어요."

경욱을 물끄러미 바라보던 아버지가 다시 물었다.

"형 꿈속에는 왜 나타났던 거냐?"

경욱이 울상을 지으며 대답했다.

"거짓말이에요! 형이 아파서 헛소리를 한 거예요! 제가 무슨 재주로 남의 꿈속에 들어가요?"

경욱을 뚫어져라 노려보던 아버지는 긴 탄식을 내뱉고 말했다.

"물러가거라! 형 장례에는 참석치 말고 당분간 대구 할머니 댁에 가 있거라."

경욱은 그길로 대구로 내려가 할머니 집에서 지냈다. 할머니는 세상에 유일하게 남은 손자를 지극정성으로 떠받들었다. 경욱은 누구의 방해도 받지 않고 마음껏 먹고 마시고 놀 수 있었다. 그런 와중에도 그는 가끔 책 한 권을 손에 쥐고 단숨에 외워 버리는 신통력도 발휘했다.

긴 수명을 누리고 아흔 살에 숨을 거둔 할머니 곁을 마지막까지 지킨 건 경욱이었다. 그는 할머니를 진심으로 좋아했고, 그래서 그녀가 눈을 감기 전 진실을 말해 줘야겠다고 결심했다.

"할머니. 상욱이 형을 죽인 건 바로 저예요. 제 마음속에 나타난 이상한 스님께 형을 없애달라고 부탁했었거든요. 그랬더니 그분이 제가 공부를 잘하게 해주셨어요. 그리고 형 꿈속으로 들어가게도 해주겠다고 하셨어요. 뭐, 재밌겠다 싶어 밤마다 들어가 형에게 글을 읽어줬어요. 전 잠을 자지 않아도 되는 능력을 받았거든요. 그 스님한테!"

할머니는 뭐라고 간절히 말하려다 눈물 한 방울만 남긴 채 세상을 떠났다. 이후 한양으로 돌아온 경욱은 성균관에 들어가 출세가도를 달렸다. 그렇게 거칠 것 없는 그의 삶엔 작은 그늘 한 점 없는 것처럼 보였지만, 실제 그의 마음속은 암울하기 짝이 없었다. 아버지가 끝내 그를 인정하지 않았기 때문이다. 오래 묵은 병으로 죽기 직전에 아버지는 이런 유언을 남겼다.

"내가 왜 널 믿지 못하는 줄 아느냐? 네가 형을 죽인 걸 알기 때문이다. 넌 내 꿈속에도 한번 들어온 적이 있었다. 기억하느냐? 그건 실수였느냐? 너무도 꿈이 생생해 이상히 여겼는데, 죽어 가던 네 형도 똑같은 소리를 하더구나. 그래서 난 널 믿을 수가 없는 거다. 이제 내가 죽으면 네겐 어미 하나만 남는다. 부디 더 이상 악해지지만 말고 네 어미라도 잘 보살펴다오."

숨을 거둔 아버지 시신 옆에서 경욱은 조금씩 몸을 떨다 마침내 분노로 소리를 지르고야 말았다. 그가 아버지 꿈속에 들어간 건 실수가 아니었다. 그건 경고였다. 자신을 무시하지 말라는 경고를 하기 위해 그는 아버지 꿈으로 들어가 분명히 자신의 뜻을 전했었다. 그 경고를 무시하고 맏아들을 죽게 만든 건 순전히 아버지의 잘못이었다. 그런데도 모든 허물을 자신에게만 덮어씌우고 떠난 아버지를 그는 결코 용서할 수 없었다.

아버지의 삼년상을 치른 뒤, 경욱은 마침내 꿈에도 그리던 당상관의 지위에 올랐다. 품계가 높아지자 주변에 차츰 사람들이 꼬여 들었고, 그는 조정의 실세인 강자량의 눈에까지 들게 되었다. 다만 그는 자신을 죄인 취급하고 떠난 아버지에 대한 분노를 억누르지 못해 술자리에서 자주 폭음했고, 그런 날이면 누군가에게 욕설을 퍼붓거나 폭력을 휘둘렀다. 심지어 그는 서인의 수장인 강자량의 멱살을 잡고 행패를 부린 적도 있었다.

훗날 그가 삐뚤어진 심술을 가라앉히고 처세에 능란해진 건 마음을 잘 다스린 덕분이 결코 아니었다. 그에게 꾸준히 말을 걸어오며 소원을 들어주던 마음속의 목소리가 어느 날 문득 사라졌기 때문이었다. 자신을 스님이라고 주장했던 그 목소리는 신기하게도 다시는 나타나지 않았다. 이제 스스로의 힘만으로 세상을 헤쳐 나가야 했던 경욱은 급속히 교활한 능구렁이로 변신해 정계에 뿌리를 내렸다.

초희가 균이 공부하고 있는 서재 방문을 벌컥 열고 들어서서 팔짱을 끼고 물었다.

"날도 더운데, 공부가 잘 돼?"

초희를 멀거니 올려다보던 균이 읽고 있던 책을 덮으며 대답했다.

"그럴 리가 있겠어? 당파 싸움은 더 심해지고 백성들 삶은 갈수록 팍팍해지고 있어. 당장 나서고 싶지만 상황이 여의치 않아. 설령 나서서 탐관오리 몇몇을 혼내준다고 해서 해결되지도 않을 것 같고. 아주 심란해!"

균 앞에 털썩 주저앉으며 초희가 물었다.

"둘째 오빠 말로는 조정이 다시 옛날로 되돌아갔다던데?"

"맞아. 강 대감을 제거했지만 크게 바뀐 게 없어."

초희가 균이 읽던 책을 집어 들어 뒤적거리다 제자리에 돌려놓으며 말했다.

"도사님이 보고 싶어!"

초희를 물끄러미 바라보던 균이 입술을 내밀며 물었다.

"혁중이가 아니고?"

균을 싸늘하게 노려보던 초희가 벌떡 일어서서 밖으로 나갔다. 그녀는 뜰 중앙의 연못가를 서성이며 무슨 생각엔가 골똘히 잠겼다. 어느새 초희 뒤로 다가온 균이 물었다.

"혁중이를 괜히 보냈나?"

뒷짐을 진 채 땅을 바라보던 초희가 속삭였다.

"아니. 혁중인 그런 과정이 필요했어. 누에가 나방이 되려면 시련이 필요해."

부채를 들어 초희 등을 향해 부쳐주며 균이 말했다.

"홍길동이 돼 돌아올 거야."

"홍길동? 그게 혁중이 새 성과 이름이야?"

고개를 끄덕인 균이 하늘 멀리 뜬 반달을 우러르며 대답했다.

"완전히 다른 삶을 살길 원했거든."

천천히 고개를 끄덕인 초희가 예전 혁중과 처음 만났던 지점에 서며 속삭였다.

"완전히 다른 삶이라…."

그녀의 수척한 뒷모습을 오래 바라보던 균이 목소리를 높여 물었다.

"근데 요즘 배오개 장터에 괴짜 한 명이 나타났다던데?"

균을 향해 고개를 홱 돌린 초희가 눈을 반짝이며 소리쳤다.

"맞아! 장 도령!"

장 도령

장 도령이 체포됐다는 소식을 들은 향실은 정신없이 우포청을 향해 내달렸다. 운종가 큰길을 어찌나 빠른 속도로 달렸던지 그녀를 알아보고 인사하려던 몇몇 상인들은 쏜살같이 사라지는 그녀의 뒷모습에 손짓하는 것으로 만족해야 했다.

우포청 앞에서 발만 동동 구르고 있던 향실의 머릿속에 문득 아는 종사관 이름이 떠올랐다. 그녀는 지나가는 포졸들 팔을 부여잡고 필사적으로 종사관 이름을 외쳐댔다. 대부분 그녀를 뿌리치고 외면했지만 눈빛이 선한 포졸 하나가 그 이름에 반응했다.

"오 종사관을 네가 어찌 아누?"

향실은 간절한 목소리로 애원하듯 말했다.

"만나 뵙게만 해주서요. 소녀는 회현방 형조참판 댁 종 향실이라 합니다."

참판 댁이란 말에 움찔한 포졸이 급히 청사 안으로 들어갔다.

잠시 후 되돌아온 그가 향실을 정문 안으로 들였다. 포청 안으로 들어서긴 했지만 향실은 한참을 건물 밖에서 서성이며 기다려야 했다. 마침내 오 종사관 앞에 불려간 그녀는 조심스레 상대 눈치만 보고 있었다.

"회현방에 사시는 조 참판께서 너의 주인이라고?"

송충이 같은 짙은 눈썹을 힘껏 찡그리며 종사관이 물었다.

"그러하옵니다. 소녀 참판 댁에서 오형필 종사관님을 몇 차례 뵈었습니다."

종사관이 탁자 위에 두 손을 포개며 다시 물었다.

"나이 어린 계집종 주제에 어찌 내 이름까지 기억하지? 참판께선 네가 여기 찾아온 걸 알고 계시느냐?"

침을 꼴깍 삼킨 향실이 반짝이는 눈빛으로 상대를 뚫어져라 쳐다보며 대답했다.

"저희 주인 어르신께서 예전에 형조참판에 오르시고 저녁 모임을 여러 차례 여시지 않았습니까? 그때 연회에서 당비파 연주했던 게 소녀이옵니다. 그리고 참판께선 아직 제가 여기 온 걸 모르십니다."

그제야 향실을 알아보겠다는 표정을 지은 종사관이 미소를 머금으며 물었다.

"그래! 연주가 일품이었지. 그런데 참판께서 시키지도 않으셨는데 왜 날 찾아온 게냐?"

"장 도령께서 여기 우포청에 체포돼 계시다 들었습니다. 제겐 고마운 은인이신데 너무 놀라 뛰어왔어요. 그분은 절대 역모를 꾸밀 그런 분이 아니십니다!"

종사관이 입가를 뒤틀며 잠시 생각에 잠겼다 대답했다.

"장 도령? 아하, 노래 잘 뽑고 요술도 곧잘 부린다는 그 장 도령! 그 녀석 지금 역모 혐의로 잡혀 들어와 있긴 하다. 아직 심문조차 하지 않았는데, 서로 무슨 인연이라도 있느냐?"

한참을 망설이던 향실이 가는 음성으로 대답했다.

"말씀드리자면 실로 길어요. 참판께선 악기 다루는 재주가 남다른 소녀를 어릴 적부터 예뻐하셨습니다. 이미 아시겠지만, 방문하시는 손님들께 절 자랑하며 인사 시키실 정도였지요."

"그건 나도 잘 알지."

"덕분에 소녀는 몸종이면서도 남부럽지 않은 교육을 받고 자랐습니다. 얼마 전부터는 아예 악공이신 이한 스승님 댁에 찾아가 개인 교습도 받도록 해주셨어요."

"참판께서 널 꽤나 아끼셨구나?"

"그러하옵니다. 하지만 소녀에게도 시련이 아예 없진 않았어요. 하루는 참판 내외분께서 하루만 쓰라고 귀하디귀한 봉황 모양의 머리장식 하나를 빌려주셨어요. 몸종으로 살며 평생 가져

보지 못했던 장식이었습니다."

"그런데?"

"이한 스승님 댁으로 가다 그걸 잃어버렸습니다."

악공 이한의 집은 남산 자락에 있었다. 교습을 받기 위해 이른 아침 조 참판 댁을 출발한 향실은 햇빛에 영롱하게 빛나는 봉황꼬리 모양의 머리장식을 자주 고쳐 꽂으며 신나 있었다. 가끔 지나가던 사람들이 그녀를 힐끗대며 쳐다봤고, 그녀는 그럴 때마다 어깨가 솟아오르며 우쭐한 기분이 들었다. 하지만 그 기분은 오래가지 않았다.

스승의 집안으로 들어서던 향실은 뭔가 허전한 느낌이 들었다. 그녀는 그 느낌의 정체와 마주하기 싫어서, 드물게 찾아온 즐거운 기분을 망치지 않으려는 간절함으로 생각을 멈추고 잠시 마당에 우두커니 서 있었다. 하지만 현실은 점점 뚜렷하게 다가왔다. 머리에 있어야 할 얕은 무게감이 어느새 사라지고 없었다. 천천히 손을 올려 장식이 달려 있어야 할 머리를 뒤적이던 그녀는 조금씩 흐느끼다 마침내 울음을 터뜨리고야 말았다.

하염없이 우는 그녀 모습을 반쯤 열린 방문 너머로 바라보던 한 사내가 헛기침을 하며 밖으로 나왔다. 눈물범벅이 된 채 마당 한가운데 선 소녀에게 다가간 그가 뒷짐을 지고 속삭였다.

"무슨 일로 이리 울지? 시끄러워서 내 그런다. 말을 해 봐라."

겨우 울음을 멈춘 향실이 격한 감정에 딸꾹질을 하며 말을 잇지 못했다. 동그랗고 갸름한 두상에 서글서글한 눈매를 한 앳된 향실을 사내는 한참 동안 바라보기만 했다. 그녀의 딸꾹질이 멈추지 않자 난처한 표정으로 주변을 한 번 휘 둘러본 사내가 마침내 다시 물었다.

"내 소개를 할까? 우리 자주 만나지 않았니?"

간신히 숨을 고른 향실이 대답했다.

"올 때마다 멀리서 얼핏 뵙곤 했었습니다. 뉘신지요?"

키가 훤칠한 사내가 약간 허리를 숙여 눈높이를 맞춘 뒤 속삭였다.

"나 장 도령이야. 날 몰라? 한양 최고의 재주꾼 장 도령! 춤추고 노래하고 요술도 부리고, 또 온갖 동물들 우는 소리도 흉내 내지. 날 몰라?"

눈을 동그랗게 뜬 향실이 놀란 목소리로 외쳤다.

"그럼 올해 혜성처럼 나타나 장안 저잣거리를 뒤집어 놓으신 그 장 도령? 그분이 맞으십니까?"

몸을 쭉 펴며 싱긋 웃은 장 도령이 고개를 크게 끄덕였다.

"그래! 악공 이한이가 자기 집에 묵으라고 초대해 여기 슬쩍 와 있었지. 몰랐니?"

한양 장터 놀이판에서 천재 예인 장 도령의 느닷없는 출현은 가히 충격적이었다. 사대문 안 저잣거리를 순식간에 점령한 그는 가는 곳마다 구름 관중을 몰고 다녔다. 그가 짙은 화장을 하고 커다란 부채를 휘두르며 노래를 시작하면 울던 아이들도 울음을 바로 그쳤다. 그가 선보인 기기묘묘한 동작의 춤과 온갖 동물 소리 흉내 또 그에 더한 갖가지 신기한 요술 공연은 보수적인 양반들이 이끌던 한양 예술계에 파란을 불러일으키기에 충분했다.

"화장을 지우셨으니 알아볼 도리가 없었습니다."

향실이 수줍은 태도로 대답했다.

사정을 다 전해들은 장 도령이 한숨을 내쉰 뒤 속삭였다.

"머리장식은 내가 찾아주지. 걱정 마라."

장 도령의 말에 한편으론 안심이 되면서도 다른 한편으론 의심도 든 향실이 물었다.

"어찌 찾아주시나요? 아침나절 소녀 어깨를 툭 치고 지나간 젊은이 하나가 있긴 했습니다. 하지만 생김새가 전혀 기억나질 않는 걸요."

싱글싱글 웃으며 장 도령이 속삭였다.

"이한에게 교습이나 잘 받고 집으로 돌아가 있어. 내 꼭 찾아주마!"

조 참판에게 봉황꼬리 장식을 잃어버렸다는 말을 하지 못한 채 자기 방에서 끙끙 앓고 있던 향실은 새벽녘에서야 선잠에 빠졌다. 그녀는 누군가 방문을 두드리는 소리에 문득 잠에서 깨었다. 놀란 가슴에 문을 열자 놀랍게도 장 도령이 서 있었다.

"이 늦은 시각 어인 일이서요? 또 어떻게 들어오셨어요?"

손가락을 세로로 입에 대 조용히 하라는 표시를 한 장 도령이 낮은 목소리로 속삭였다.

"낮에 이한이 집에서 약속하지 않았니? 그 봉황꼬리 장식 내가 찾아주겠다고? 빨리 채비해 함께 나서자."

황급히 옷을 갖춰 입고 밖으로 나온 향실을 옆구리에 낀 장 도령은 순식간에 참판 집 담장을 뛰어넘었다. 향실은 자기 몸이 붕 떴다 살포시 땅에 내려앉는 듯한 기분이 들었다. 휘둥그런 눈으로 자신을 바라보는 향실을 재촉해 회현방을 벗어난 장 도령은 순라군들을 요리조리 피해 가며 좁은 골목길을 따라 이동했다.

마침내 둘은 어떤 으리으리한 저택 앞에 멈춰 섰다. 잠시 숨을 몰아쉰 장 도령이 향실의 허리를 단단히 감아쥐더니 거짓말처럼 몸을 날려 담 위로 솟구쳤다. 향실은 현기증 때문에 잠시 혼절했다 깨어났다. 겨우 눈을 떠 아래를 내려다보자 수많은 기와지붕들이 보였다. 그녀의 몸은 허공에 두둥실 떠 새처럼 날아가고 있었다. 그저 꿈이라기엔 느낌이 너무나도 생생했다.

그녀가 고개를 돌려 장 도령 쪽을 바라보자 휘영청 밝은 달빛에 상대의 옆얼굴이 선명히 드러났다. 갸름한 턱선에 우뚝한 코 그리고 초승달처럼 우아하게 흐르는 눈매가 마치 아름다운 여인을 보고 있는 듯했다. 향실이 조용히 물었다.

"왜 절 도와주세요?"

긴 머리카락을 펄럭이며 향실을 쳐다본 장 도령이 고개를 갸웃했다. 그녀가 목청을 돋워 다시 물었다.

"미천한 절 왜 도와주시냐고요?"

빙그레 미소 지으며 생각에 잠겼던 장 도령이 대답했다.

"내 눈에 뜨였으니까!"

"그게 전부세요?"

넓은 호수 위를 스쳐 날며 장 도령이 고개를 끄덕였다. 커다란 누각 위로 내려앉은 뒤 그가 덧붙였다.

"넌 비파를 잘 뜯지? 내겐 세상이 바로 비파다. 좋은 음과 나쁜 음이 어디 따로 있나? 음끼리 서로 잘 어울리면 되는 거지."

그녀가 장 도령이 한 말의 뜻을 이리저리 헤아릴 무렵, 누각 천정 대들보에서 작은 횃불 하나가 타올랐다. 젊은이 한 명이 횃불을 들고 두 사람을 내려다보며 깔깔대고 웃었다. 곧이어 젊은이가 소리쳤다.

"밤의 왕이 되실 장 도령님도 그런 새파란 계집종을 끼고 다니십니까?"

"밤의 왕이라고 했다고? 그 젊은 녀석이?"
 태도가 돌변한 오 종사관이 향실 앞으로 얼굴을 잔뜩 내밀며 물었다.
 "그랬던 것 같습니다. 물론 이건 다 꿈일지도 몰라요. 사람이 어떻게 하늘을 날겠습니까?"
 당황한 향실이 떨리는 음성으로 대답했다. 한참 동안 종사관은 말이 없었다. 그는 팔짱을 낀 채 향실의 눈을 오래 바라봤다. 마침내 그가 입을 뗐다.
 "내 얘기 잘 듣거라! 이제부터 난 널 심문하는 거다. 알겠느냐?"
 놀란 향실이 눈만 깜빡이다 겨우 용기를 내 물었다.
 "심문이라 하시면, 제가 뭔가 죄를 지었단 말씀이신가요?"
 천천히 고개를 옆으로 저은 종사관이 낮게 깔리는 음성으로 대답했다.
 "아니다. 이실직고만 잘 해준다면 그냥 풀어주겠다."
 "뭘 이실직고해야 하나요?"
 "그놈 말이다, 장 도령! 그가 널 도왔다는 그날 밤 얘길 마저

해 보거라."

크게 한숨을 몰아쉰 향실이 걱정 가득한 표정으로 말을 시작했다.

"젊은이 이름은 한수였어요. 한수가 아침나절 제 옆을 스치며 머리장식을 낚아챘었던 겁니다. 정중히 사과하고 제게 돌려줬어요. 장 도령님하고 잘 아는 사이라고 했던 것 같습니다. 한수는 장 도령님처럼 이리저리 떠도는 예인이었어요. 왜 제 봉황꼬리 장식을 훔쳤는지는 더 따져 묻지 않았습니다. 가난한 뜨내기 예인들은 그렇게 먹고 살기도 하거든요."

"어떻게 되돌아 나왔느냐? 그 으리으리한 저택에서?"

"꿈인지 생시인지 모르겠지만, 같은 방법으로 나왔던 것 같습니다."

"그 녀석이 널 옆구리에 끼고 날아서 나왔다?"

종사관을 바라보며 고개를 끄덕인 향실이 볼이 발개진 채 대답했다.

"분명 믿지 않으실 거예요. 그런데 기억은 분명 그렇습니다."

"그 대저택 위치가 어디더냐?"

"그건 전혀 기억하지 못하겠습니다."

잠시 숨을 고른 종사관이 눈을 부릅뜨며 다시 물었다.

"그 후로 그자는 이한 집에서 계속 살아 왔느냐?"

"아닙니다. 곧 어디론가 거처를 옮기셨어요."

"다시는 못 봤고?"

"다음날 아침 고맙다는 인사를 전하려 이한 스승님 댁을 찾아갔었습니다. 그런데 장 도령님 묵으시는 방의 문을 열어보니 술에 잔뜩 취해 주무시고 계시지 뭐예요? 이한 스승님과 밤새 술을 드셨다고 들었습니다. 분명 저와 하늘을 날았었는데, 그 시각에 다른 곳에 계셨다는 겁니다."

"분신술을 했다는 게냐?"

"정말 뭐가 뭔지 모르겠습니다! 술에서 깨시면 여쭤봐야지 했는데 끝내 일어나지 않으셨어요. 그리고 다음날 떠나셨습니다."

향실을 한참 동안 노려보던 종사관이 눈썹을 꿈틀대며 입을 열었다.

"그자가 우포청에 잡혔다는 걸 누가 말해주더냐? 네 스승 이한이냐?"

"아닙니다! 스승님께선 봉황꼬리 장식 소동도 일체 모르십니다. 한수가 말해 줬어요."

자리에서 벌떡 일어선 포교가 큰 소리로 물었다.

"한수란 놈, 지금 어디 있느냐?"

울상이 된 향실이 기어드는 목소리로 대답했다.

"모릅니다. 가끔 들러 신세타령을 늘어놓곤 했었는데, 오늘 아침 찾아와 장 도령님 얘길 해줬어요. 어제 저녁 홍인문 근처에서 노래 부르시다 억울하게 잡혀가셨다고. 자기도 잠시 다른 데로 떠난다고 했습니다."

몸을 부르르 떤 종사관이 말했다.

"잠시 예서 기다려라. 장 도령 녀석과 대질심문을 해야겠다!"

종사관이 황급히 자리를 뜨고 나서 향실은 한참 동안 혼자 앉아 있었다. 뭔가 소란이 일어난 듯 와자지껄한 외침들이 멀리서 들려왔다. 마침내 문을 박차며 들어선 종사관이 외쳤다.

"향실아! 빨리 나와 보거라!"

영문도 모른 채 종사관 손에 이끌려 포청 감옥에 도착한 향실은 겁먹은 표정으로 감옥 안을 쳐다봤다. 종사관이 모든 죄수들에게 고개를 똑바로 쳐들게 한 뒤 말했다.

"홍인문에서 잡아들인 장 도령이 언제부턴가 안 보인다는구나! 그럴 리가 없지 않느냐? 자, 이 녀석들을 똑바로 봐라! 이 가운데 네가 아는 장 도령이 누구냐?"

죄수들은 서로를 돌아보며 웅성거리기 시작했다. 온몸을 사시나무처럼 떨던 향실이 주저하며 죄수들 앞으로 다가섰다. 그녀는 맨 왼쪽 죄수부터 얼굴을 찬찬히 살펴보며 오른쪽으로 움직였다. 종사관이 그녀 등 뒤를 따르며 음산한 목소리로 말했다.

"이 녀석들이 어제 체포돼 우포청에 갇힌 죄수들 전부다. 어서 장 도령 녀석을 가리켜 보거라! 변장을 했을지도 모른다."

향실의 발걸음은 둔하고 느렸다. 그녀는 쓰러질 듯 비틀대며 간신히 죄수들의 얼굴들을 차례대로 바라봤다. 하나같이 무고해 보이는 그저 여항의 건달들이었다. 마침내 맨 오른쪽 죄수까지 확인한 그녀가 종사관을 돌아보며 힘없이 말했다.

"여기에 안 계신 듯합니다."

얼굴이 포악하게 일그러진 종사관이 육모방망이를 들어 향실이를 내리치려는 자세를 취했다.

"네 이년! 어린 계집종 주제에 거짓말을 하는구나!"

그 순간 죄수 가운데 한 명이 외쳤다.

"나리! 실은 한 명이 더 있었습니다!"

말을 한 죄수 쪽으로 다가간 종사관이 거친 숨을 몰아쉬며 외쳤다.

"더 있었다니, 그게 무슨 소리냐?"

겁먹은 표정의 죄수가 다급히 소리쳤다.

"그자가 누구인지 저희도 정체는 몰랐습니다. 지금 장 도령이라 하시니 그런 줄로 아는 겁죠. 한참 전에 감옥 바닥에 조용히 쓰러지기에 어디가 아픈가 했었습니다요. 그 후로 안 보이는 것 같습니다."

종사관은 향실이를 이끌고 쏜살같이 감옥 안으로 들어섰다. 감옥 안을 이 잡듯이 뒤지던 그의 눈에 옷가지 한 벌이 눈에 들어왔다. 옷을 들어 올리려던 그가 소스라치게 놀라며 뒤로 물러섰다. 흔적만 남은 부패한 시신에 구더기들이 바글바글 들끓고 있었다. 놀라운 속도로 자라난 구더기들은 마침내 날개가 돋아나더니 감옥 밖으로 훨훨 날아가 버렸다. 향실은 멍한 표정을 하고 있는 종사관 옆을 빠르게 지나쳐 장 도령의 옷가지를 하나씩 들어올렸다. 눈물을 글썽인 그녀는 옷가지를 꽉 쥐어 천천히 품에 안았다.

향실

형조참판의 도움으로 우포청에서 풀려난 향실은 한동안 제방에서 나가지 않았다. 조 참판도 평소 정 많고 누구에게나 덕을 베푸는 그녀의 품성을 잘 알기에 장 도령과의 관계를 더 문제 삼지 않았다. 하지만 제대로 아물지 않은 상처는 곧 다시 도지게 마련이다.

그녀에게는 유품으로 가져온 장 도령의 옷가지를 꺼내들고 멍하니 바라보는 습관이 새로 생겼는데, 이를 몰래 엿본 동료 몸종이 조 참판에게 고자질했다. 참판은 그것만큼은 그냥 지나칠 수 없었는지 옷가지를 빼앗아 불태우게 하고 향실을 따로 불렀다.

"요술을 부린다는 그 장 도령 녀석, 정체가 뭔지 아느냐?"

향실이 말없이 고개를 가로젓자 한숨을 푹 내쉰 참판이 부드럽게 말을 이었다.

"장 도령은 이미 죽었다고 들었다. 그 죽음이 비록 몹시 해괴

하지만, 어쨌건 죽은 건 죽은 것 아니더냐? 그 녀석이 네게 잘해줬을지는 모르나 마음은 흉악한 자였을 것이다."

고개를 들지 못한 채 향실이 가는 목소리로 말했다.

"제게 잘해주서서 이러는 게 아닙니다."

"그럼 왜 그러느냐? 연모라도 했던 게냐?"

거세게 다시 고개를 가로저으며 고개를 똑바로 든 향실이 대답했다.

"아닙니다! 그게 아니에요! 물론 잃어버린 장식을 찾아주서서 고맙긴 했지만, 절대 그 외에 다른 마음은 없습니다."

"그럼 그런 자의 옷가지를 보관하고 있었던 건 왜냐?"

다시 머리를 떨군 향실이 기어들어가는 음성으로 대답했다.

"그분이 역모를 꾸미셨다는 게 믿기지 않습니다. 그저 노래하고 춤추고 요술을 부려 세상 사람들을 즐겁게 해주는 분이셨습니다. 저랑 똑같은 분이셨습니다!"

향실을 바라보며 오래 침묵하던 참판이 이윽고 입을 열었다.

"네가 이해하기 힘든 얘기라 하지 않으려 했다만, 할 수 없이 해주마. 잘 새겨 듣거라! 요즘 들어 나라에 크고 작은 옥사들이 자주 일어났었다. 그만큼 세상이 흉흉한 데다 임금님께 역심을 품은 자들 역시 많다는 뜻이다. 들리는 소문에 따르면, 정여립이라는 간사한 자가 전주에서 자신이 임금이 되겠다며 백성들을 모아 작당모의를 하고 있다더구나. 앞으로 수많은 자들이 역모죄로 잡혀 목이 잘리게 될 거야. 조정 벼슬아치 가운데에도 그들 역도들과 내통한 자들이 아주 많다고 한다. 두렵고도 두려운 일이 아니냐? 그치? 여기까진 이해하겠느냐?"

향실이 가만히 고개를 끄덕이자 참판이 다시 입을 뗐다.

"조정에는 두 개의 당이 있다. 당이 뭔고 하니, 말하자면 시장판 패거리 비슷한 것이다. 그냥 그리 알거라! 아무튼 나 같은 경우는 서인이다! 그런데 정여립에 엮여 있는 자들은 죄 동인들이다. 그들 모두는 아니겠지만, 그 속에 섞여 있는 역도들을 찾아내 모조리 싹을 잘라내야 해. 나라에선 지금 그 일을 시작하려 하고 있다. 그런데 의심스런 동인들 집에 자주 나타나는 수상한 자가 있었다고 한다! 물론 노래 부르고 요술 부린다는 핑계였겠지만, 이거 아주 수상하지 않으냐?"

"그분이 장 도령님이셨습니까?"

크게 고개를 끄덕인 참판이 대답했다.

"그렇지! 기찰포교들이 그리 보고했다고 들었다. 그래서 장 도령 뒤를 캐 보니, 이 녀석 한양에 나타나기 전에 전주에서 놀았다는 게 아니냐? 전주가 어디냐? 바로 정여립이 역모를 꾸미고 있다는 곳 아니냐? 넌 잘 모르겠지? 어쨌든 그곳이 지금 그렇게 흉흉한 곳이다. 반역자들이 우글대는 곳이지. 그래서 장 도령을 잡아들였던 거지, 왜 아무 이유 없이 멀쩡한 예인을 괴롭혔겠느냐? 이제 잘 알겠지?"

본능적으로 어리석은 척 해야겠다고 결심한 향실은 멍한 표정을 지었다. 그런 그녀를 애처롭게 바라보던 참판이 한숨을 내쉬며 말했다.

"장 도령이란 자가 만에 하나 억울했다 해도, 그렇게 죽은 게 오히려 잘된 거다. 그렇지 않으면 모진 고문을 당하다 고통 속에 죽었을 게야. 내 말을 다 못 알아들었더라도, 그것 하나만은 똑똑히 알아 둬라. 알았지? 단단히 명심하도록 하고, 뭐 이제 그만 나가 봐라."

한양 사람들의 관심을 한 몸에 받던 장 도령이 사실은 역적들과 한패였다는 소문은 차츰 양반들을 거쳐 백성들에게까지 퍼져 나갔는데, 그 무렵 그의 정체에 관한 다양한 이야기들이 새로 만들어져 저잣거리를 뒤덮었다. 성이 특이하게 거느릴 장 자 장(將) 씨였기에 원래 바다 건너에서 온 서역인이었고, 마침 때가 되어 고향으로 돌아갔다는 풍문이 마지막으로 떠돌았지만 누구도 확인할 수 없는 뜬소문이었다. 그렇게 차츰 잠잠해 가던 장 도령에 관한 관심은 엉뚱한 방향에서 새로운 불씨로 되살아나기 시작했다.

백성들 사이에서 산들거리며 타오르기 시작한 소문의 불씨는 시전과 난전 장터를 타고 한양성 바닥 곳곳으로 은밀히 퍼져 나갔다. 장 도령이 다시 살아나 장생이란 이름으로 행세하며 숭례문 쪽 왈짜패들을 접수했다는 게 그 골자였다. 비록 흥미로운 풍문이긴 했지만 화장하지 않은 장 도령의 맨 얼굴을 본 사람이 거의 없었기에 두 사람이 같은 사람이라 볼 근거는 어디에도 없었다. 그리하여 머잖아 밤의 한양을 주름잡을 왈자패 두목 장생이 한때 장 도령으로 활약했던 그 인물이라는 이야기는 요술사 장 도령을 그리워하던 백성들의 헛소리쯤으로 여겨지기도 했다.

 그날 밤도 그저 평범한 밤이었다. 자리에 누워 잠을 청하던 향실은 이상한 예감에 가슴이 뛰어 이리저리 뒤척이고만 있었다. 새벽 무렵 방문 밖에서 미세한 인기척이 나자 그녀는 아무 근거도 없이 그게 장 도령이라고 확신했다. 어지간한 담장쯤은 훌쩍 뛰어넘고 심지어 하늘을 날 줄 아는 요술사가 그렇게 어이없이 죽을 리 없다고 향실은 믿었다.

 방문에 바싹 귀를 가져다 댄 향실은 숨을 멈추고 바깥 동정을 살폈다. 이윽고 방문을 살며시 두드리는 소리가 몇 차례 들려왔다. 가슴이 벅차오른 그녀는 급히 외출할 채비를 갖추고 방문을 살짝 열었다. 달빛을 등진 커다란 사내 모습이 눈에 들어왔다.

"장 도령님?"

향실이 묻자 사내가 손을 입에 대며 조용히 하라는 시늉을 했다. 살금살금 문턱을 넘어선 그녀가 사내 앞으로 조금 더 다가갔다. 틀림없는 장 도령이었다. 활짝 웃음을 머금은 그녀가 목소리를 잔뜩 낮춰 속삭였다.

"그날 어찌 되신 겁니까? 돌아가신 줄 알았어요."

"환술을 부려 감옥을 탈출했지. 걱정했니?"

고개를 끄덕이는 향실을 옆구리에 낀 장도령이 담장을 또 다시 훌쩍 넘어갔다. 그는 말없이 한양 골목길을 빙빙 돌아 마침내 오래 전 들렀던 으리으리한 대저택 앞에 멈춰 섰다.

"달빛이 좋으니 우리 공중 산책이나 또 하자."

장 도령에 매달린 향실의 몸이 갑자기 두둥실 허공으로 떠올랐다. 두 사람은 이리저리 날아다니다 예전에 내려섰던 바로 그 누각 위로 사뿐히 내려앉았다. 얼굴이 발그레 상기된 향실이 주변을 두리번거리며 물었다.

"오늘은 한수가 없나요? 요즘 한 번도 못 봤습니다."

장 도령이 누각 들보를 올려다보며 휘파람을 불었다. 그러자 작은 횃불이 타오르며 천정 구석에 웅크리고 있던 한수가 모습을 드러냈다. 그는 환하게 웃으며 손을 흔들었다. 대들보에서 내려온 그는 낄낄대며 향실의 머리를 쓰다듬었다. 향실은 한편으론 가슴 벅차게 안심되면서도 다른 한편으론 알 수 없는 불안으로 가슴이 울렁댔다. 그녀가 장 도령에게 물었다.

"장 도령님께선 도대체 정체가 어찌되십니까?"

묘한 표정으로 웃던 장 도령이 누각 주변 풍경을 손으로 가리키며 되물었다.

"여기가 어딘지 알겠니?"

새삼 사방을 두리번거리던 그녀가 혼잣말처럼 속삭였다.

"소녀 이제 나이가 갓 열여섯입니다. 평소 회현방과 이한 스승님 집 외엔 마음대로 혼자 나다녀본 적이 없어요. 이곳이 어딘지 어찌 알겠습니까?"

향실의 등을 살짝 밀어 누각 난간까지 움직이도록 한 장 도령이 우아한 태도로 뒷짐을 지며 말했다.

"여긴 경회루 연못이야."

자기 귀를 의심한 향실이 장 도령을 올려다보며 눈을 동그랗게 치켜떴다.

"소녀 비록 나이 어린 데다 비천한 몸종이지만 제법 영리하거든요? 누굴 함부로 속이려 드십니까?"

그 순간 향실을 등에 업은 장 도령이 다시 공중으로 날아올랐다. 근정전으로 보이는 건물 꼭대기를 스친 뒤 동쪽 방향으로 크게 회전하며 날던 그가 원래 누각 위로 되돌아왔을 때 향실은 넋이 반쯤 나간 상태였다. 그녀는 꿈을 깨 보려고 자기 볼을 꼬집어 봤다. 장 도령이 속삭였다.

"장 도령은 이미 죽었고, 지금 난 다른 사람이다."

침을 꼴깍 삼킨 향실이 조심스레 물었다.

"어떤 분이십니까? 소문처럼 장생이 되셨어요?"

향실을 향해 몸을 숙인 장 도령이 웃음 띤 표정으로 대답했다.

"그렇지! 새로운 세상을 열어보려는 자!"

"새로운 세상은 어떤 세상인데요?"

장 도령은 대답하는 대신 몸을 솟구쳐 들보 위로 날아 올라갔다. 그제야 들보 곳곳에 웅크리고 앉아있던 다른 그림자들이 향실의 눈에 들어왔다. 그들 모두는 머리에 두건을 매고 있었다. 그들이 신선들인지 아니면 세상을 뒤바꿔보려는 요술사들인지 알 수 없었지만, 그녀는 두려움과 경외감이 범벅이 된 상태로 입을 다물지 못했다. 그 순간 옆으로 다가온 한수가 향실에게 속삭였다.

"우린 항상 이렇게 세상을 내려다보고 있었어. 장 도령께서 숭례문 쪽을 차지하셨단 얘긴 들었지? 그건 시작에 불과해. 우린 한양을 송두리째 접수할 거거든."

향실의 고향은 전라도 남원이었다. 태어날 때 이름은 언년이 었지만 홀어미와 단둘이 한양으로 올라온 뒤 이름을 바꿨다. 향실의 어미는 남원 관기였는데, 젊은 시절 아전 집안의 한 서자와 눈이 맞아 아들 하나를 두고 있었다. 향실 어미를 취한 그 서자는 나중에 그녀와 아들 모두를 버리고 부여의 부유한 다른 아전 집안으로 장가들어 떠나 버렸다.

비록 양반은 아니더라도 아들의 아빠에겐 버젓한 김 씨 성이 있었기에, 향실 어미는 아들을 김윤칠이라 부르며 애지중지 키웠다. 자존심이 몹시 강했던 그녀는 자신에게 버젓한 성과 이름이 있는 아들이 있다는 건 너무나도 중요한 문제였다. 그 아들로 인해 그녀가 몸담고 있는 모진 세상이 자기 전부를 다 바쳐도 좋을 소중한 무언가로 바뀌었기 때문이다. 그녀는 아들이 살아낼 세상을 위해 언제든 스스로를 희생할 각오가 돼 있었다.

윤칠이가 다섯 살 되던 무렵, 왜구들이 남원으로 물밀듯이 쳐들어왔다. 대마도를 중심으로 한반도 남부를 약탈하던 왜구들은 간혹 힘을 합쳐 육지 깊숙이 파고들어 오곤 했는데, 그 끝은 항상 남원이기 일쑤였다. 남원 전체는 삽시간에 불바다가 됐.

양반들은 관군의 보호를 받으며 가장 먼저 피난길에 올랐다. 하지만 간신히 그들 틈에 끼여 남원성을 가까스로 벗어난 소수를 제외한 남원 양민 대부분은 왜구의 포로가 됐다. 향실 어미와 윤칠이도 그중 일부였다. 저항하던 남자 포로들은 살해되거나 짐꾼으로 동원되었고, 기력이 있는 젊은 여자들은 노예가 돼 왜구들의 배에 실렸다. 쓸모없는 노약자와 어린 아이들은 목이 잘리거나 헛간에 갇힌 채 한꺼번에 불태워질 운명이었다.

향실 어미는 아들을 살리기 위해 무슨 짓이든 해야만 했다. 그녀는 그나마 선량해 보이는 규슈 출신 해적 한 명에게 접근해 손과 발을 다 써가며 자신의 처지를 하소연했다. 일본 열도 최남단 태생이었던 해적의 이름은 슌스케였다. 고향인 미야자키에 아끼는 조카딸을 둔 슌스케는 인정에 이끌려 끝내 마음이 움직였다. 그는 향실 어미를 몰래 빼내 주는 대신, 그녀의 아들 윤칠만은 포로로 데려가겠다고 고집했다. 포로의 전체 숫자는 반드시 일치해야만 했기 때문이다.

향실 어미에겐 선택의 여지가 없었다. 아들이 헛간에서 타죽느니 일본 해적의 노예로라도 살아남는 게 차라리 나았다. 그녀는 슌스케 품에 아들을 넘기며 뜨거운 눈물을 삼키고 또 삼켰다. 멀어지는 슌스케의 등에 대고 그녀는 이렇게 절규했다.

"윤칠아! 어미가 널 찾으러 꼭 가마! 살아만 있어! 꼭 살아야 해!"

산속 동굴로 몸을 숨긴 향실 어미는 아들을 보내고 밤새 울었다. 얼굴이 퉁퉁 부은 채 가을 추위에 오들오들 떨던 그녀 앞에 슌스케가 먹을거리를 들고 다시 나타났다. 그는 남원을 떠나기 직전까지 홀로 몸을 숨긴 향실 어미에게 먹을 음식과 마실 물을 가져다 줬다. 마지막 날 저녁, 향실 어미가 슌스케에게 넋두리처럼 속삭였다.

"이보시오. 내 말을 잘 못 알아듣겠지만, 하지만 난 해야겠소."

그녀는 자신의 가슴을 손가락으로 가리키며 말했다.

"내 이름은 향실이요, 향실! 아들에게 꼭 이 이름을 알려주시오!"

슌스케가 이를 드러내며 웃었다. 그녀가 또 손짓으로 아들의 작은 몸을 표현하며 속삭였다.

"김윤칠! 그 아이 이름은 김윤칠! 이것도 꼭 알려주시오!"

슌스케가 고개를 끄덕이며 그녀의 말을 되풀이했다.

"기무 유느 치루!"

향실 어미가 간신히 웃음기를 만들며 다시 입을 열었다.

"내가 갈 거라고, 꼭 왜국으로 찾으러 갈 거라고 말해 주시오! 밉거나 필요 없어 버린 게 아니라고, 그렇게 부디 말해 주시오!"

슌스케가 고개를 갸웃하며 어색하게 웃었다. 크게 한숨지은 향실 어미가 고개를 들어 밤하늘을 올려다봤다. 수많은 별들이 태연히 반짝이는 게 미웠지만, 그녀는 그 순간 무서운 결심을 하고야 말았다. 그녀가 슌스케 손을 잡고 말했다.

"내가 언젠가 왜국으로 가지 않을 수 없도록 만들어 놔야겠소! 날 안으시오! 당신과 나의 아이를 만들어서, 설령 내가 못 가고 죽더라도, 친동생이라도 윤칠이를 꼭 찾으러 가게 해야겠소! 죽어서라도 내 아들을 되찾고야 말 거요! 어서, 어서 날 안으시오!"

그날 밤 두 사람은 서로를 안았다. 왜구들이 남원을 떠나고 평화가 도로 찾아왔을 때, 향실 어미의 배가 차츰 불러오기 시작했다. 피난에서 돌아온 사람들은 그런 그녀를 째려보며 헐뜯고 욕했고 심지어 그녀 얼굴에 침을 뱉었다. 그녀는 모난 사람들의 분노와 멸시를 묵묵히 견뎌내다 마침내 딸을 낳았다. 바로 언년이었다.

언년이의 아비가 왜구라는 소문이 점점 남원 전체로 퍼져나가자 관가에서 언년이 모녀를 불러내 사실을 따져 물었다. 언년이 어미는 단호하게 외쳤다.

"제가 아무리 관기 출신이지만, 저 역시 사람입니다! 개나 돼지만도 못한 짓을 했을 리가 있습니까? 이미 말씀드렸듯 홀로 탈출해 산속에서 지냈을 뿐이고, 아이 아빠는 쇤네를 도와준 이름 모를 나무꾼입니다. 목숨이 경각에 달린 판에 그가 어디로 갔는지 제가 어찌 알겠습니까? 그저 살려고 몸부림쳤을 뿐입니다!"

언년이 모녀를 물끄러미 내려다보던 고을 사또는 깊은 탄식을 내뱉은 뒤 입을 열었다.

"생김새만으론 왜구 핏줄인지 아닌지 도대체 알 길이 없구나. 백성을 지켜주지 못한 나라의 잘못도 크므로 내 너의 말을 믿어줄밖에! 하지만 이미 고을에 퍼진 소문을 쉬이 잠재우긴 힘드니, 어서 이곳을 떠나거라. 무슨 흉한 꼴을 당할지 알 수가 없다. 양인 신분이 됐다는 서류를 만들어줄 테니 가급적 멀리 가서 조용히 살거라! 알겠느냐?"

관가를 벗어난 언년이 모녀는 그날로 고향 마을을 떴다. 양인 신분을 얻은 언년 어미는 사람들이 가장 많은 한양을 향해 걷고 또 걸었다. 그런 곳이라면 평범하게 살며 돈도 벌고 언젠가 왜국으로 가는 밀항선에 몸을 실을 수도 있겠다 싶었다. 그렇게 그녀는 한양 화류계에 몸을 던져 딸 언년이와 둘이 그럭저럭 먹고살았다.

언년이가 여덟 살이 된 어느 날, 언년 어미는 갑작스런 괴질에 걸려 몸을 일으킬 힘조차 없게 되었다. 죽음을 예감한 그녀는 자신이 일하던 주루의 단골손님들을 떠올렸다. 가장 믿을만한 인물은 예조에 근무하는 조성문이란 관료였다. 성문은 소심한 기회주의자였지만 술에 취해도 큰 실수가 없었고, 음악과 춤에 유독 관심이 많은 자였다. 그는 어린 언년이가 가끔 어미를 따라 주루에 나와 조막손으로 악기를 연주라도 하면 마치 친딸처럼 귀여워하곤 했다.

딸을 성문의 집 종으로 들이기로 결심한 어미는 언년에게 이렇게 말했다.

"우리가 비록 양인 신분이라곤 하나 남원 사또가 배려한 덕택일 뿐이야. 내가 죽으면 너 혼자 한양에서 살아남긴 힘들어. 조영감 댁으로 들어가면 모든 문제가 해결될 거야. 널 특별히 예뻐하시잖니?"

하염없이 눈물만 흘리는 딸을 향해 어미가 비장한 목소리로 말을 이었다.

"지금부터 하는 말 잘 들어야 한다. 네겐 다섯 살 많은 오빠가 있어. 아주 오래 전 왜국으로 끌려갔어."

어미가 하는 긴 말을 묵묵히 듣고만 있던 언년이는 너무 놀라운 얘기에 숨이 막힐 지경이었다. 그녀가 입술을 바르르 떨며 물었다.

"그렇담 내 아빤 슈스케라는 왜인이야?"

천천히 고개를 끄덕인 어미가 흐르는 눈물로 베개를 적시며 간신히 입을 뗐다.

"난 그날 밤 윤칠이를 되찾기로 하늘에 맹세했었어! 하지만 이제 그 맹세를 지키지 못하고 죽을 것 같구나. 언년아! 네가 이 어미대신 그걸 해낼 수 있겠니?"

언년이가 작은 목소리로 대답했다.

"엄마가 날 위해 얼마나 고생했는지 잘 알아. 오빠를 반드시 찾을게! 조 영감님 총애도 잃지 않고, 보란 듯이 잘 살게. 걱정하지 마!"

희미하게 웃으며 딸 손을 꼭 쥔 어미가 다시 말했다.

"넌 이제 언년이가 아니라 향실이야!"

언년이가 놀란 표정으로 물었다.

"그건 엄마 이름이잖아?"

고개를 가로저은 어미가 대답했다.

"이제부턴 네 이름이야! 슌스케에게 부탁했었어! 엄마 이름을 윤칠이에게 꼭 말해달라고 부탁하고 부탁했었어! 그러니까 너라도 그 이름으로 살아야 언젠가 오빠가 널 찾을 수 있을 거야. 무슨 말인지 알겠지?"

그 순간 언년이는 향실이가 됐고, 진짜 향실이는 혈육을 잃은 한을 품은 채 조용히 숨을 거뒀다. 엄마의 상을 다 치른 향실은 종 신분으로 회현방 조성문 집으로 들어갔다. 모든 악기를 잘 다루는 천부적 재능을 타고난 그녀는 훗날 형조참판에 오를 성문의 귀여움을 독차지했고, 여느 종이라면 상상할 수 없을 후한 대우를 받으며 성장할 수 있었다.

한수는 주기적으로 나타나 향실에게 장 도령의 소식을 전했다. 향실은 이상하게 그게 싫지 않았다. 아니, 그녀는 한수로부터 장 도령 얘기를 들을 때면 뭔가 근사한 일이 곧 벌어질 것 같은 흥분을 느꼈다. 어질고 자애로웠지만 어떤 선 이상으로는 자신을 인정하지 않던 조 참판 부부가 결코 줄 수 없는 특별한 흥분이었다.

향실은 그날 밤 자기가 진짜 경복궁 경회루에 갔었는지, 장 도령이 과연 자신을 업고 하늘을 날았었는지 더 이상 의심하지 않았다. 매일 자고 나면 그것들이 실제 벌어졌던 일인지 너무나 궁금하긴 했지만, 스스로에게 더 이상 묻지 않았다. 그녀는 오히려 한수가 그건 모두 너의 꿈이었고 자신들은 한낱 예인 출신 소매치기들이라고 고백할까봐 두려웠다. 정확한 이유는 알 수 없었지만, 향실은 그런 대답이 돌아올까 너무나 무서웠다.

악공 이한의 비파 교육 과정이 끝나자 향실은 이번엔 이화방 소리꾼으로부터 창을 전수받아야 했다. 그 와중에도 한수는 느닷없이 나타나 그녀에게 장 도령 이야기를 쏟아내고 갑자기 사라지곤 했다. 어느 날 소리 연습을 마치고 종묘 앞을 지날 때 한수가 또 나타났다.

"향실, 잘 지냈나?"

빙글거리며 웃는 한수의 얼굴이 천진해 보였다. 주변을 두리번거리던 향실이 골목길로 몸을 피하며 빠르게 속삭였다.

"장 도령님께선 잘 지내셔?"

몇 걸음 떨어져 향실을 따라붙던 한수가 골목길 그늘에 몸을 숨기며 대답했다.

"늘 바쁘시지. 새로운 세상을 만드시려 여전히 애쓰시니까."

"요즘은 무슨 일 하셔?"

잠시 망설이던 한수가 조용히 속삭였다.

"자금을 마련하려 배오개 왈짜패까지 접수하실 거란 얘긴 했었나?"

"이미 했어."

"못된 탐관오리 집에서 은을 뺏은 얘기도 했었고?"

"했어."

"곧 거사를 벌이실 예정이야. 요즘 옥사가 자주 벌어졌던 건 잘 알지?"

"나도 이제 제법 알아. 서인들이 동인들 씨를 말리려고 벌이는 일이잖아?"

"그래! 향실이도 세상 이치가 트였군. 장 도령께선 호남의 의로운 사람들과 양심 있는 한양 동인들을 한데 모아 악랄한 서인들을 무찌르고 세상을 바꾸실 계획이야."

"장 도령님께서도 그럼 동인이셔?"

"그건 아냐! 동인이라고 다 좋은 사람들도 아니거든! 장 도령께선 늘 세상에 홀대받는 사람들 편이시지."

잠시 뜸을 들이던 한수가 넌지시 말머리를 돌렸다.

"그건 그렇고, 부탁했던 일은 이번에도 잘 해냈어?"

고개를 끄덕인 향실이 품에서 서류 하나를 꺼내 조심스레 한수에게 건넸다. 그녀가 설레는 눈빛으로 속삭였다.

"조 참판께서 집안에 둔 형조 서류들이 자주 없어진다고 걱정이 많으셔. 수배자 명단이며 의금부와 전옥서 경비 교대 시간까지 죄 적혀 있으니까. 그래도 날 의심하지는 않으셔. 서인이시긴 해도 우리 주인님께선 정말 선하신 분이야. 근데 이런 일을 할 때마다 이상하게 기분이 좋아. 정말 막 흥분돼!"

밤의 왕

배오개 장터의 진정한 주인을 가리기 위한 싸움은 달도 없이 칠흑 같은 밤 청계천 수표교 위에서 벌어졌다. 숭례문 패거리들은 소공주동을 지나와 다리 남쪽에 진을 쳤고, 배오개를 수중에 넣은 철두의 홍인문 패거리들은 북쪽에 버티고 늘어서 있었다.

"어디 밤의 왕이라는 놈 낯짝 좀 보자. 썩 나와라!"

홍인문 패거리의 두령인 철두가 다리 가운데로 성큼성큼 걸어가며 외쳤다. 근육으로 똘똘 뭉친 거구의 철두를 마주한 숭례문 패거리 맨 앞 열이 주춤거리며 몇 걸음 뒤로 물러났다. 그걸 바라본 철두가 자기 가슴을 두드리며 호령했다.

"네 녀석들 숭례문 주변에서 빌어먹던 거지새끼들 아니냐? 어쩌다 근본도 없는 뜨내기 놈한테 붙었느냐?"

말이 그치기 무섭게 숭례문 거지 출신 왈짜들 네 명이 쏜살같이 철두를 향해 달려들었다. 다리 중앙에서 두 명이 철두와 정면으로 겨뤘고, 다른 둘은 다리 좌측과 우측 난간을 타고 달려들며 협공했다. 키가 큰 철두에게 취약한 곳은 하체였는데, 정면의 두 공격수들은 이를 활용할 요량으로 집요하게 다리만 붙들고 늘어졌다. 두 다리에서 상대를 떼어내려 철두가 허우적대는 사이 좌우의 왈짜들은 온몸에 힘을 실어 주먹을 날렸다.

싸움은 체구 작고 날렵한 넷의 승리로 쉽게 결판이 날 것처럼 보였다. 하지만 철두에겐 그 이름처럼이나 단단한 머리가 있었다. 양 손으로 다리에 붙은 거머리 둘을 위로 올라오지 못하도록 짓눌러놓은 그는 좌우의 공격을 오직 머리만으로 받아냈다. 철두가 얼굴을 몇 대 맞아주면서 상대 주먹 공격을 이마로 살짝 받아치자 공격했던 오른쪽 왈짜의 표정이 조금 일그러졌다. 얼굴이 점점 심각하게 찌푸려진 그가 마침내 주먹을 다시 들어 올리지도 못한 채 자리에 주저앉았다. 왼쪽 공격수도 연거푸 같은 처지를 맞이해야 했다.

두 손이 자유로워진 철두는 아래쪽 왈짜들이 몸을 일으키도록 유도한 뒤 한 명은 들배지기로, 다른 한 명은 메치기로 청계천에 집어던졌다. 사방이 침묵에 휩싸였다. 천천히 호흡을 가다듬은 철두가 다시 수표교 남쪽을 향해 걸어 나갔다.

"한 명씩 덤벼라! 한 명씩! 밤새도록 상대해줄 테니."

숭례문 패거리의 둘째 열은 한때 족제비를 따랐던 소매치기 무리였다. 그들은 수장인 족제비가 배오개 장터를 속절없이 빼앗기고 갑자기 사라지자 숭례문 패거리에 합류했었다. 철두가 족제비 부하들을 향해 우렁차게 외쳤다.

"족제비 형님도 사라졌고, 이제 너희들 누굴 의지하겠냐? 안 그래? 내가 달구 형님 아우들을 죄 접수했을 때 너희도 못이기는 척 붙어있었어야지! 응? 알량한 자존심 지키겠다고 나가더니 출신도 모를 놈 밑으로 기어들어가?"

족제비 부하 가운데 한 명이 한 발 앞으로 나서며 대답했다.

"철두 네 이놈! 네놈은 삵 형님의 의붓아들이면서도 감히 아비를 배신하고 달구와 붙어먹었지 않느냐? 피 한 방울 섞이지 않았다지만 그래도 거둬서 길러준 아비인데, 어찌 달구를 도와 제 아비를 죽일 수 있었느냐? 족제비 형님께서 너만큼은 절대 용서하지 말라 하셨다!"

팔짱을 낀 채 콧방귀를 뀐 철두가 이죽대며 말했다.

"흥! 그래서 한참을 숨어 지냈지 않느냐? 진짜 족제비 형님 세상이 왔나보다 싶어 얼마나 애간장이 탔는지 아느냐? 달구 형님이야 진즉 다리병신 됐고, 족제비 형님마저 한양에서 싹 사라질 줄은 꿈에도 몰랐다. 뭐 그 작자들이야 이젠 내 형님들 아니다! 이제부터 배오개는 내 세상인 거다. 잔말 말고 덤벼라!"

족제비 부하들을 모조리 때려눕힌 철두가 이마의 땀을 훔치며 수표교 남쪽 길로 들어서서 우뚝 섰다. 부하들이 자기를 따라 다리를 건너려 하자 이를 막으며 그가 소리쳤다.

"너희들은 다리를 건널 필요도 없다. 내가 혼자 다 정리하겠다!"

숭례문 패거리의 마지막 열은 숫자가 그리 많지 않았다. 머리에 파란 두건을 맨 그들은 걸음걸이가 느긋했고 쓰는 말투에는 전라도 사투리 흔적이 있었다. 철두가 소리쳤다.

"이제 네놈들만 때려눕히면 장생인지 뭔지 하는 놈이 나타나는 거냐?"

두건 무리 가운데 가장 어려 보이는 젊은이 한 명이 뒷짐을 지고 철두 앞으로 슬슬 다가가며 대답했다.

"글쎄다. 그럴 수 있을까? 지금까지 네놈 실력을 한번 시험해봤다만, 좋은 주먹이긴 한데 뭐랄까, 조금 마구잡이 같거든?"

손가락 관절을 꺾어 우두둑 소리를 내며 철두가 입을 열었다.

"방자한 놈! 오늘 살생만은 피하려 했는데, 어린놈이 억세게 운이 없구나?"

피식 웃음을 흘린 젊은이가 한 치 망설임도 없이 몸을 허공으로 솟구치더니 몇 바퀴 회전을 했다. 회전 방향에 일정한 법칙이 없어 철두는 상대가 움직이는 방향을 따라 계속 몸을 틀어야 했다. 결국 중심을 잡고 수비 자세를 취한 철두는 상대 움직임과 무관하게 시선을 정면에만 고정했다. 상대의 속임수에 넘어가 쓸데없는 힘 낭비를 하지 않기 위해서였다.

철두의 예상대로 상대는 정면으로 돌진해 왔다. 철두가 잽싸게 달려드는 상대를 거머쥐려 했지만 젊은이는 그의 머리 위로 빙글 공중제비를 넘더니 반대편으로 가볍게 착지했다. 그 동작이 철두의 예상보다 훨씬 간결하고 빨랐다. 덩치가 큰 철두는 자신이 쫓아가 상대를 붙잡긴 힘들다고 판단했다. 그의 손가락 한 마디 끝에라도 살짝 걸리기만 하면 거저 이기는 쉬운 싸움이었다. 허점을 보여 상대를 유인해야 했다. 철두는 자기 몸 가운데 가장 강한 머리를 내주기로 결심했다.

몸통의 급소들을 방어하기 위해 몸을 잔뜩 웅크린 채 머리만 앞으로 쭉 내민 철두는 마치 한 마리 거대한 곰 같았다. 그 곰을 향해 높이 솟구친 젊은이는 아래로 떨어지며 몸을 비틀어 자세를 바꿨다. 머리를 앞으로 해 몸을 일 자 모양으로 굳힌 그는 그 자세 그대로 철두 머리 위로 내리꽂혔다. 보통이라면 젊은이 머리가 으깨져 땅 위로 나뒹굴어야 마땅했다. 결과는 정반대였다. 그토록 강해보였던 철두의 머리는 수직으로 부딪쳐온 상대 머리로 인해 쩍 소리를 내며 피투성이가 돼버렸다. 철두는 천천히 옆으로 쓰러졌다.

사뿐히 땅에 내려앉은 젊은이가 철두 옆으로 걸어오더니 몸을 구부려 상태를 살피면서 속삭였다.

"나 한수라고 해. 죽진 않았지?"

순라군들은 싸움이 다 끝나고 나서야 운종가 쪽으로부터 달려왔다. 등불을 들고 종을 울리며 뛰어온 그들은 길게 널브러진 철두를 발견하고 깜짝 놀랐다. 주변엔 개미 새끼 한 마리도 보이지 않았다. 큰 싸움이 벌어졌던 자취는 어디에도 없었다. 순라군 한 명이 철두 머리를 만지며 물었다.

"천하의 박치기왕 철두 머리가 깨졌네? 누가 그랬어? 응? 누가?"

철두의 볼을 타고 눈물 한 줄기가 흘러내렸다. 철두가 아무 대답 없이 울기만 하자 순라군이 목청을 돋워 소리쳤다.

"우리가 혼내줄게! 이름만 말해! 응? 우리 용돈 챙겨주는 널 누가 감히 그랬어?"

헛웃음을 짓던 철두가 가까스로 몸을 일으키며 겨우 대답했다.

"창피해서 말 못하겠소. 다들 그냥 가시오. 법대로 순라청에 압송하시든가."

투덜대던 순라군들이 빨리 머리나 치료하라며 신신당부하고는 차츰 멀어져갔다. 홀로 땅바닥에 주저앉은 채 고개를 숙이고 있던 그의 곁으로 누군가 살며시 다가왔다. 고개를 든 철두는 기겁을 하며 팔로 상대를 막는 시늉을 했다.
"꼴 참 좋다!"
족제비가 빙글빙글 웃으며 철두 옆자리에 털썩 주저앉았다.

장생이 한양 사대문 안 왈짜패들을 모조리 평정하자 그에 관한 무성한 소문은 오히려 눈 녹듯 사라졌다. 그에 관해 이러쿵저러쿵 말을 만들 경쟁자들이 단번에 사라졌기 때문이다. 물론 조직을 통일한 장생이란 이름 대신 밤의 왕이란 호칭이 간혹 포청에 잡혀온 건달패들 입에서 나오곤 했다. 심히 불경한 호칭이었지만 장터 돈을 뇌물로 먹는 포교들 누구도 이를 새삼 문제 삼거나 상급 관원에게 보고하지 않았다. 그들 모두는 배오개라는 생계의 뗏목 위에서 왈짜패들과 어울려 함께 살아가야만 하는 자들이었다.
장 도령을 단서 삼아 장생 조직을 끝까지 추적한 건 우포청 종사관 오형필이었다. 한때 훈련원 참군 신분으로 토포사를 따라 서북면 반란 세력을 섬멸했던 그로선 장 도령은 쉽게 놔줄 수 없는 위험한 인물이었다. 그는 향실에 주목했다.
"참판 얼굴을 봐서 내 풀어주긴 했다만, 그 계집종은 아무래도 수상하다. 순진한 척 술술 불긴 했다만, 정작 우리에게 필요한 내용은 없었다. 장 도령 녀석이 자신이 죽은 것처럼 꾸며 감옥을 빠져나갔다면, 그걸 그 종년이 도왔을 수도 있고! 어쨌든 한수란 끄나풀과 마지막까지 만났던 유일한 년 아니냐?"

자신이 부리는 기찰포교들을 앞에 두고 오 종사관이 나직이 말했다. 그러자 기찰포교 가운데 한 명이 물었다.

"설마 조 참판을 의심하시는지요? 당색도 같은 서인 아니십니까? 그것도 노른자 중에 노른자 집안이신데, 설마?"

고개를 가로저은 종사관이 대답했다.

"참판을 의심하진 않는다. 우리 집안과도 각별한 사이다. 향실이를 못 믿을 따름이다. 아무리 윗분들 예쁨을 받는다지만, 그저 천한 종년 아니냐? 천한 것들은 반드시 주인 발뒤꿈치를 무는 법이다."

"그럼 어찌할까요? 당장 기찰에 들어갈까요?"

고개를 천천히 끄덕인 종사관이 손깍지를 끼며 속삭였다.

"정여립과 끈이 닿는 자들이 한양 곳곳에 숨어있는 게 틀림없다. 동인당 출신 역도 무리들이 전국 방방곡곡에 흩어져 있다는 게 병조판서 대감의 생각이시다. 장 도령이 설령 진짜 죽었다 해도, 한패는 여전히 남아있지 않겠느냐? 물론 요술을 부리는 그 녀석이 꼭 죽었단 보장도 없다. 정녕 위태로운 상황이다. 각별히 유념하여 기찰하도록 하라!"

고개를 끄덕인 기찰포교들은 들어왔던 순서대로 한 명씩 우포청을 빠져나갔다. 그들의 옷차림새는 각양각색이었는데, 그 가운데는 심지어 각설이나 머슴 행색을 한 자들도 섞여 있었다.

밤의 왕 장 도령은 전라도 장흥에서 태어났다. 그의 어미는 먼 훗날 한반도 조계종의 뿌리가 될 가지산의 한 유명한 절의 보살이었다. 비록 보살이라 불리기는 했지만, 그녀는 승려들의 의식주를 보살피고 온갖 절의 행사 허드렛일을 도맡아하는 여신도에 지나지 않았다.

장 도령 어미의 이름은 혜월이었다. 경상도 안동에서 온 그녀는 끝내 자기 성을 감춘 채 눈을 감았기에 절에선 그저 혜월 보살이라고만 불렀다. 혜월 보살은 어느 날 갑자기 절에 나타나 비구니가 되겠다고 간청했다. 안동 사람이라는 것 외엔 정체를 알 길 없는 경상도 처녀의 처분을 두고 주지 스님은 오래도록 고민을 거듭했다.

주지 스님은 혜월의 기품 있는 태도와 느긋한 말씨를 유심히 살펴본 뒤 그녀가 양반가 자녀임을 직감했다. 섣불리 절에 거뒀다간 어떤 낭패를 볼지 알 수 없었다. 그는 늦은 밤 혜월을 승방으로 따로 불러 이렇게 물었다.

"양반가의 딸인 듯한데, 맞느냐?"

한참을 흐느끼던 혜월이 대답했다.

"속세의 인연을 잊고자 이곳으로 흘러들었습니다. 더 묻지 말아 주세요."

하염없이 염주만 돌리던 주지 스님이 마침내 입을 뗐다.

"모든 인연이란 먼저 원인이 있고 결과가 나는 무한한 움직임이다. 너의 원인을 모르는데 내 어찌 너를 승려로 받을 수 있겠느냐? 일단 내게 다 털어놓고 영원히 잊으면 어떻겠느냐?"

고개를 떨어뜨린 채 망설이던 혜월이 결국 다음과 같이 털어놓았다.

"소녀의 아비는 안동 명문가의 맏이로 태어나 한양에서 과거에 급제한 바가 있습니다. 젊은 나이에 이름을 날려 승승장구하셨다고 합니다. 게다가 임금님 외척과 혼인도 해 다들 부러워했다더군요. 하지만 연세가 오십이 넘으셔서 벼슬살이의 절정기에 이르셨을 때, 조정에 커다란 풍파가 일었다고 합니다."

"어떤 풍파가?"

"조정이 동인과 서인으로 쪼개지며, 아버님께선 어쩌다 동인 편에 서시게 되셨다 들었어요."

혜월을 물끄러미 바라보던 주지 스님이 한숨을 내쉬고 다시 물었다.

"속세 일은 잘 모른다만, 그래서 어찌 됐느냐?"

눈빛이 침침해진 혜월이 대답했다.

"동인이 서인에게 지자 처음엔 관직만 빼앗기신 채 고향인 안동으로 내려오셨다고 합니다. 그 후로도 당파 싸움은 엎치락뒤치락하며 이어졌지만, 전혀 신경쓰지 않으셨다고 해요. 그러다 서인의 한 젊은 신하가 동인을 탄핵하며 큰 옥사를 벌였다더군요. 그 사건에 연루되셔서 결국 사약을 받고 돌아가셨습니다. 남은 가족들 역시 반역자의 가족이라는 이유로 노비가 되거나 먼 곳으로 유배가게 되었어요. 한 집안이 통째로 사라졌던 겁니다."

긴 탄식을 내뱉은 주지 스님이 천천히 물었다.

"혹시 서인인 그 젊은 신하에게 복수할 뜻이라도 있는 게냐? 그런 마음을 품고 절에서 숨어 지내려는 거라면, 난 결코 받아들일 수 없다."

고개를 저은 혜월이 힘주어 대답했다.

"아닙니다! 진정 그건 아닙니다! 소녀 그 원수의 이름을 기억했다가 언젠가 복수해 볼까 헛된 꿈도 꿔 보긴 했었어요. 하지만 부질없고 철없는 망상임을 이내 깨달았습니다! 소녀는 부처님 품에서 남은 평생 안식을 찾고 싶어요."

염주를 서안에 내려놓은 주지 스님이 넌지시 다시 물었다.

"그 원수의 성과 이름이 무엇이냐?"

주지 스님을 똑바로 바라보며 혜월이 대답했다.

"강자량입니다."

오래도록 침묵에 잠겼던 주지 스님은 혜월을 여승이 되기 위한 예비 단계인 사미니 명단에 넣어 주었다. 그녀 이름을 사미니 명부에 적어 종무 담당자에게 건넨 직후 주지 스님이 혜월을 향해 입을 열었다.

"이제 됐다. 앞으로 열심히 정진하거라! 헌데 말이다. 역적의 딸인 너는 어떻게 관가 노비가 되지 않고 여기까지 올 수 있었느냐? 혹시 누가 도왔느냐?"

크게 숨을 몰아쉰 혜월이 대답했다.

"소녀는 정실 소생이 아니었습니다. 아버님께서 한양에 계실 때 두셨던 첩실의 소생이에요. 소녀의 어미는 정실의 괴롭힘을 이기지 못해 진즉 저를 데리고 안동에 내려와 살고 있었다고 합니다. 불심이 깊던 어미는 안동 외딴 절에서 행자로 살며 절 기르셨어요. 덕분에 저희 모녀는 화를 피하게 됐습니다."

"그럼 어머니는 어찌 됐느냐?"

"아버님께서 사약을 드시던 날, 스님들께 소녀를 부탁하고 스스로 목숨을 끊으셨습니다."

긴 침묵이 이어지는 동안 주지 스님은 '나무관세음보살'을 반복했다. 마침내 주지 스님이 입을 뗐다.

"그 절 주지가 널 이리 보냈느냐?"

고개를 끄덕인 혜월이 대답했다.

"네! 가급적 멀리, 남쪽 멀리 떠나라고 하시며 이 절을 소개해 주셨습니다."

그날 이후 혜월은 주지 스님의 살뜰한 보살핌을 받으며 사미니 과정을 무사히 마칠 수 있었다. 가끔 바닷가를 거닐며 소리 없이 눈물을 삼키는 것 외에 그녀는 어떤 눈에 띄는 행동도 하지 않았다. 그녀가 그런 모범적인 생활을 이어가던 도중, 절을 발칵 뒤집어 놓는 사건이 벌어졌다. 혜월이 임신한 것이다.

여자가 승려가 되려면 사미니 과정을 거치고도 몇 년 더 청정한 수행 기간을 견뎌내야만 했다. 절에서는 보통 이 년 걸리는 이 단계를 정학녀 기간 또는 천축국 말로 식차마나 기간이라고 불렀다. 식차마나 기간을 마친 혜월은 곧 계를 받아 비구니가 되려던 찰라에 임신 사실을 들켜 절에서 쫓겨날 처지에 빠졌다.

주지 스님의 긴 심문이 이어졌지만 혜월의 태도는 너무나 당당했고 일관성도 있었다. 그녀의 말은 다음과 같았다.

"제가 절에서 부정한 짓을 저지른 증거는 어디에도 없습니다! 더구나 주지 스님 허락 없이 절 밖에 나간 적도 일체 없습니다! 하루하루 승방에서 불경을 읽고 법당에서 수행에 매진했을 뿐입니다! 어느 날 저녁 꿈속에서 부처님을 뵙고 은총을 입었을 따름입니다! 제발 믿어 주십시오!"

주지 스님은 큰 혼란에 빠졌다. 혜월이 파계했다는 증거가 전혀 없었고, 처녀가 부처님의 가호로 임신하는 기적은 예전부터 종종 있었기 때문이다. 혜월은 이렇게 주장했다.

"꿈속 부처님께서 영롱한 빛을 제게 비추셨습니다. 부처님 두 눈 사이 터럭에서 두려움 없는 지혜의 밝은 불빛이 뻗어와 제 배에 이르렀습니다. 저는 감격해 비로자나 부처님을 연호하며 울고 또 울었나이다!"

지혜의 빛을 상징하는 비로자나 부처의 은혜를 입었다고 주장하는 혜월은 언뜻 광기에 휩싸인 사람처럼 보이기도 했다. 종단의 원로들은 반신반의했다. 결국 주지 스님은 이렇게 판결했다.

"혜월 식차마나의 말을 다 믿을 수도, 그렇다고 다 믿지 않을 수도 없다. 이를 참작해 절에서 내쫓지는 않겠지만, 비구니계를 내리지도 않겠다. 과연 비로자나 부처님께서 일으키신 기적이 맞는다면, 혜월 식차마나가 곧 낳을 자식은 자라나며 큰 영험함을 보일 것이다. 긴 세월이 걸리겠지만, 그것으로 결백을 확인하는 길밖에 없다."

비구니의 길을 포기한 혜월은 절에 계속 머물며 자질구레한 행사 뒤치다꺼리를 도맡게 됐다. 그런 그녀를 절에선 혜월 보살이라 불렀다. 주지 스님은 얼마 후 그녀가 낳은 아들에게 장래에 성불을 이루라는 뜻으로 장성(將成)이란 이름을 지어 줬다.

장성은 절에서 자라나며 온갖 불교 행사에 일찍 눈을 떴고, 다양한 방면에서 탁월한 재능을 발휘하기 시작했다. 그는 유별나게 큰 성량으로 찬불가를 잘 불렀고, 몸을 부리는 뛰어난 재능으로 불가 전통 무예의 고수가 됐으며, 종교 제의 때 진행하는 무용 행사에도 빠지지 않고 등장했다. 장성은 팔방미인이었다.

주지 스님은 세상을 떠나며 장성에게 비구의 길을 걸으라는 유언을 남겼다. 장성은 어머니에게 이렇게 말했다.

"소자 장차 비구가 되겠습니다. 앞으론 불경 공부에 매진하고자 하니 허락해 주십시오."

흔쾌히 허락할 것으로 보였던 혜월 보살은 전혀 엉뚱한 말을 꺼냈다.

"주지 스님께서 속세를 떠나셨으니, 이제 넌 절을 떠나라."

멍하니 어머니를 바라보던 장성이 물었다.

"소자가 어머니의 결백을 밝혀 드리겠습니다. 그게 왜 싫으십니까?"

비장한 표정을 지은 혜월 보살이 대답했다.

"그럴 필요 전혀 없다. 난 결백하지 않기 때문이다. 넌 비로자나 부처께서 일으키신 기적이 아니다. 들어 보아라! 너의 아비는 이 절에서 돌아가신 자기 부친의 천도제를 벌였던 한 사내였다. 기골이 장대하고 눈에선 용맹한 빛이 뿜어져 나오더구나. 난 망설이지 않고 그에게 접근해 너를 잉태했다."

"대체 무슨 말씀을 하시는 겁니까?"

"들어 보래도! 난 그가 홀로 머물던 절의 공양주실에 몰래 들어가 내 신세를 모두 털어놓고 간청했다. 공양을 꼭 돈이나 쌀로만 하라는 법이 있느냐? 난 내 부친의 복수 하나만 보고 모진 목숨을 버텨 온 사람이다. 집안에 복수할 아들의 씨가 말랐으니, 유일하게 살아남은 딸인 내가 할 수 있는 일이 이것밖에 더 있었겠느냐? 내 비록 서녀지만 당당한 안동 양반가 여식이다! 이제부터 명심하고 또 명심해라! 비록 서손이라곤 하나 넌 엄연히 안동 장 씨 가문의 외손이다. 그리고 네 아비는 순천 출신 수군인 문청조다! 문청조는 불행히도 얼마 전 남원까지 쳐들어온 왜구와 싸우다 숨을 거뒀다고 한다. 용감한 사내였으니 잘 싸웠을 것이다."

어머니로부터 놀랍고도 기구한 사연을 전해 듣게 된 장성이 침통한 표정으로 물었다.

"소자가 어찌 하길 바라십니까?"

몸을 꼿꼿이 세운 혜월 보살이 처연한 목소리로 대답했다.

"번듯한 족보가 없으니 무과를 보거라! 무예가 탁월하니 금방

붙을 수 있을 거다. 관직으로 오를 수 있는 한 높이 올라 반드시 한양 조정에 들어가야 한다. 일단 궁궐로 들어가면 강자량이란 자를 찾아내 죽여라! 그자를 죽이고 그자의 당파인 서인들을 모조리 없애 버려라! 네 목숨도 결코 아끼지 말고 이 일을 꼭 해내야 한다!"

그날 밤 장성은 어머니 앞에서 복수를 맹세하고 절을 떠났다. 그가 본디 바란 것은 성불이었지만, 어머니의 한을 풀어주는 것도 보살의 임무 중 하나라고 여겼고, 세상의 악에 정면으로 맞서지 못하고 목탁이나 두드리는 삶에 막 회의가 느껴지는 참이기도 했다. 그는 출중한 무예 실력으로 단숨에 무과에 올라 전라도 병마절도사 밑으로 들어갔다.

하급 장교인 초관으로 근무하던 그는 호시탐탐 빨리 진급해 한양으로 올라갈 기회를 노렸다. 하지만 불투명한 출신성분이 그의 발목을 잡았다. 역적 집안인 외가에 대해 꽁꽁 숨겨야만 한 데다, 친가 혈통도 솔직히 밝힐 수 없었기에 그는 번번이 진급 심사 대상에서 밀려났다. 그 와중에 어머니가 병으로 숨졌다는 소식까지 들려오자 장성의 거칠 것 없던 기세는 급격히 꺾이고 말았다.

어머니 장례를 치른 장성은 뜻을 잃은 채 전국을 이리저리 방황했다. 그렇게 무의미한 삶을 이어가던 도중, 그는 전라도 무주 벽성암에 도가 높은 신선이 산다는 풍문을 접했다. 그는 망설이지 않고 벽성암을 찾았다. 무과로 몸을 일으킬 수 없다면 도술이라도 익혀 세상을 뒤집어 버리자는 속셈이었다. 벽성암에서 만난 장로는 비록 신선은 아니었지만, 누군가를 신선으로 만들 수 있는, 아니 그래야만 자신도 신선이 될 수 있는 운명에 갇힌 자였다.

장로 밑에서 가혹하고 위험한 수련을 거듭하던 장성은 마지막 한 걸음만을 남겨둔 순간에 신선이 되는 데에 실패하고 말았다. 장로는 이렇게 말하며 아쉬워했다.

"안타깝고 안타깝다! 너처럼 최후의 한 걸음을 못 떼고 실패한 자가 또 있었다. 남궁두라는 자였지. 지상선이 된 그처럼 너도 엄청난 능력을 얻을 순 있겠으나, 끝내 신선은 될 수 없게 됐다. 환약을 줄 테니 복용하도록 하고, 원한다면 언제든 여길 떠나도 좋다."

장성은 한 계절을 더 보낸 뒤, 장로가 길에서 주워 기르던 고아 한수를 데리고 벽성암을 떠났다. 전주를 중심으로 전라도 곳곳을 떠돌며 춤과 노래로 백성들을 즐겁게 해 주던 그는 어머니와 했던 맹세를 까맣게 잊고 살았다. 그가 얻은 도력은 매우 놀라운 경지였지만, 신선과는 달리 제 기량을 펼치는 데엔 일정한 한계가 있었고, 무엇보다 복수의 대상이었던 강자량이 권력을 잃고 머나먼 남쪽 섬으로 귀양 갔다는 소식을 접했기 때문이었다.

　장 도령으로 행세하며 정처 없이 세상을 떠돌던 그가 한양으로 올라가 밤의 왕이 되고자 결심했던 건 전주에서 우연히 만난 한 사내 때문이었다. 그가 정여립이었다. 장성은 정여립과 사귀며 세상 만민이 모두 평등하고 임금도 백성 가운데 한 명일 뿐이라는 놀라운 말을 처음으로 들었다. 조금씩 새로운 세상에 눈을 뜬 그는 정여립이 조직한 대동계에 들어가 활동하며 완전히 다른 사람이 됐다. 그러던 어느 날, 장성은 대동계 계원 가운데 무예가 출중한 무리와 친동생 같은 한수를 이끌고 밤의 한양을 차지하기 위해 먼 길을 떠났던 것이다.

한수

 밤의 왕 장생은 배오개 장터 사무소를 헐어버리고 사대문 안 모든 왈짜패 조직을 작은 점들로 흩어뜨렸다. 그물망 모양으로 흩어진 이 거대한 점조직은 장생을 그림자처럼 따르는 파란 두건들에 의해 유기적으로 관리됐다. 장터 구석구석에 배치된 그들은 상인들의 자잘한 민원들을 해결해 주는 한편 조직에 접근하는 외부인을 막아내는 방패 역할도 해냈다.

 처음 배오개에 잠입한 기찰포교들은 누구를 감시해야 할지 몰라 당황했다. 상인들과 장생을 연결하는 중간 끈이 전혀 보이지 않았기 때문이다. 당연히 자금의 흐름도 오리무중이었다. 이렇게 우포청의 초기 전략은 마치 허공에 대고 마구 주먹을 휘두르는 것과 같았다.

 한편 실마리가 돼줄 줄 알았던 향실은 소리 배우는 일에만 전념했고, 그녀 주변에 나타나야 할 한수 역시 종적을 감췄다. 장생 조직과 엮어 일망타진할 계획이었던 허균과 무륜당 패거리는 겨울잠에 든 곰처럼 꼼짝도 하지 않았다. 세상은 갈수록 흉흉해졌지만 신비로운 힘의 균형을 찾은 배오개 장터는 깊은 평화에 잠겨 있었다. 장생이 이 모든 일들을 해내는 데에는 채 넉 달도 걸리지 않았다.

겨울이 지나고 다시 봄이 찾아왔다. 초조해진 오 종사관은 모든 기찰포교들을 불러모아 놓고 큰소리로 말했다.

"도대체 뭐가 문제냐? 입이 있으면 말해 보아라!"

거지 행색을 한 포교가 대답했다.

"상인들이 굳게 입을 다무니 달리 접근할 방도가 보이지 않습니다."

눈썹을 치켜뜬 종사관이 버럭 소리를 질렀다.

"아무나 트집 잡아 잡아들여라! 두들겨 패면 실토할 거 아니냐?"

이번엔 상인 차림새의 포교가 대답했다.

"그건 배오개를 잘 모르시는 말씀입니다. 저희 뺀 다른 일반 포교들이 죄다 상인들과 한패인데 무슨 수로 트집을 잡겠습니까?"

"그럼 그 포교 놈들부터 족쳐 보아라!"

갑자기 기찰포교들 안색이 싸늘하게 변했다. 하인 복장을 한 포교가 한숨을 푹 내쉬고 천천히 입을 열었다.

"나라에서 포청 포교들 봉급을 주지 않은 지 벌써 몇 년이 지 났습니다. 그들이 그동안 뭘 먹고 버텼겠습니까? 막말로 저희도 쥐꼬리만한 봉급으로 가족들 곯은 배 채워주기도 힘듭니다! 배오개 상인들 밥줄을 건드리는 건 결국 저희 밥줄을 끊는 것이온데, 일반 포교든 저희든 그런 짓을 어찌 하겠습니까?"

 종사관은 탁자를 손가락으로 톡톡 치며 눈을 감았다. 그는 그렇게 한참 동안 말이 없었다. 마침내 눈을 뜬 그가 송충이 같은 눈썹을 씰룩거리며 입을 뗐다.

 "잘 알겠다. 목구멍이 포도청이라 했거늘, 장터 돈줄이 나보다 훨씬 무섭다는 말 아니겠느냐? 봉급 문제는 나도 위에 잘 말씀드려 보마. 어쨌든 우린 장생만 잡으면 된다. 그 녀석 하나만 잡으면 다 끝날 일이다!"

 하인 복장의 포교가 물었다.

 "상인들 도움 없이도 잡아들일 묘책이 있으십니까?"

 자리에서 천천히 몸을 일으킨 종사관이 느긋하게 대답했다.

 "내가 배오개를 너무 만만히 본 것 같다! 이제부터 너희들은 오직 향실 하나에만 집중해라! 그년 뒤에 있는 한수란 놈만 잡으면 되는 거다. 애초부터 그리했으면 될 일이었다."

 배오개 상인들이 파란 두건들을 따른 데에는 이유가 있었다.

상인들 속으로 파고든 두건들은 장터에 전해 내려온 전통과 관습에 전혀 손대지 않았다. 아니, 그들이 먼저 배오개에 스며들어 상인들과 한몸이 됐다. 무엇보다 상인과 두건들은 장생 지배 아래에서 모두가 평등한 지위를 보장받았다. 정여립의 대동계를 본뜬 이 전략은 어떤 무력보다 강한 힘으로 상인들을 하나로 묶어냈다.

조직의 가장 약한 고리는 엉뚱한 곳에 있었다. 바로 한수였다. 한수는 장생의 뜻을 배오개에 전달하는 전령이자, 한양의 온갖 정보를 모아 장생에게 바치는 촉수로서 무리로부터 떨어져 자유롭게 혼자 움직이는 유일한 존재였다. 무예가 뛰어나고 담대한 한수는 조직의 무게를 버티는 가장 강한 기둥이면서 동시에 가장 약한 고리일 수밖에 없었다. 그리고 그런 한수의 최대 약점이 바로 향실이었다.

이화방 소리꾼 스승으로부터 창을 모두 전수받은 향실은 다시 악공 이한에게 찾아가 장구를 배우기 시작했다. 장구를 배우려 남산 쪽을 향할 때마다 그녀는 장 도령과 한수를 생각했다. 어느 순간 한수가 골목길 구석에서 느닷없이 튀어나올 것만 같았다. 하지만 아무리 기다려도 그는 다시 나타나지 않았다. 그녀는 집안에 둔 형조 서류가 없어지는 걸 조 참판이 의심한다는 말을 한수에게 괜히 전했나 후회하기도 했다.

어느 늦은 봄날, 향실은 이한의 추임새에 따라 장구 장단을 맞추고 있었다. 새들의 지저귐이 가끔 끼어들긴 했지만 호젓하고 조용한 날이었다. 향실은 스승 이한의 추임새에 미세한 다른 소리가 겹쳐지고 있다는 이상한 느낌을 받았다. 긴장한 그녀는 귀를 쫑긋하고 추임새 소리에만 집중했다. 분명 낯선 잡음이 간간이 들려오는 것이었다. 향실은 크게 숨을 몰아쉰 뒤 갑자기 장구 연주를 멈춰 버렸다, 놀란 이한 역시 추임새를 멈췄다. 그 짧은 사이 누군가 다른 사람의 나지막한 추임새 여음이 살짝 이어지다 급히 따라 멈추는 것이었다. 틀림없이 장 도령이었다.

"어디 계신 건가요?"

향실은 다짜고짜 스승 이한에게 물었다. 이한이 어리둥절한 표정을 지으며 되물었다.

"누가 말이냐?"

이한을 물끄러미 노려보며 향실이 말했다.

"장 도령님 지금 여기 계신 거 다 압니다. 소녀 귀를 속이실 순 없어요."

야릇한 눈빛으로 제자를 바라보던 이한이 천천히 물었다.

"그게 들렸느냐? 그 작은 소리가?"

급히 고개를 끄덕이며 향실이 대답했다.

"귀가 예민한 걸 어쩝니까? 아까부터 눈치채고 있었어요."

싱긋 웃음기를 보인 이한이 다락을 향해 속삭였다.

"자네도 다 들었겠지? 이 아이가 알아챘으니 어서 나오시게!"

이한의 말이 그치자마자 다락문이 스르륵 열리며 반가운 얼굴이 밖으로 삐죽 나왔다. 장 도령이 웃고 있었다.

"대단한걸! 그저 살짝 홍얼댔을 뿐인데."

향실은 원망어린 표정을 지은 채 장 도령을 한참 노려보다 배시시 웃으며 물었다.

"도대체 지금껏 어디 숨어 계셨어요?"

다락 아래 방바닥에 발을 디디며 장 도령이 대답했다.

"여기저기, 그리고 이곳저곳. 한양 도성 하늘 아래 예인들이 얼마나 많겠니?"

"그럼 노래꾼과 춤꾼들 속에 숨어 계셨어요?"

고개를 갸웃한 장 도령이 웃으며 대답했다.

"그건 말해 줄 수가 없구나. 그냥 마음이 가는 대로 떠돌고 있다고 생각해라."

"오늘은 어떤 일로 오신 건가요?"

이한 옆에 털썩 앉으며 장 도령이 속삭였다.

"벗도 보고 싶었고, 너랑 노래나 한 곡 뽑고도 싶었고!"

장 도령이 어깨춤을 슬슬 추면서 타령 한 곡을 구성지게 뽑아내자 이한도 무릎장단을 맞춰가며 따라 부르기 시작했다. 급히

채를 쥔 향실이 가락을 타며 장구를 두드렸다. 타령을 끝낸 장 도령이 꽹과리 소리를 입으로 내며 속도를 붙였다. 이한도 급히 입으로 피리 소리를 흉내내며 그 뒤를 밟았다. 장구채를 내던진 향실은 벌떡 일어서서 어깨춤을 덩실덩실 추기 시작했다. 흥이 오른 그녀는 눈을 감고 빙빙 돌았다.

 향실은 무녀가 굿을 하듯 껑충껑충 뛰어오르며 '얼쑤!'를 연발했다. 장 도령과 함께 경회루 연못 위를 날던 순간이 상상 속에 다시 펼쳐졌다. 얼마를 그렇게 뜀뛰며 돌았을까. 이마에 땀방울이 송골송골 맺히려 할 무렵 그녀는 문득 눈을 뜨고 주변을 돌아봤다. 장 도령의 목소리가 들리지 않았기 때문이다.

 향실과 눈이 마주친 이한이 빙그레 웃으며 말했다.

 "장 도령은 갔다. 조금 전에."

 향실은 고개를 돌려 열린 방문 쪽을 물끄러미 바라보며 물었다.

 "인사 한 마디 없이요?"

 고개를 끄덕인 이한이 나지막이 대답했다.

 "원래 그렇게 왔다 그렇게 가는 사람이다."

 남산에서 회현방으로 이어지는 오솔길을 혼자 걷던 향실은 자주 걸음을 멈추고 뒤를 돌아봤다. 붉은 노을이 남산 기슭을

뉘엿뉘엿 물들이고 있을 뿐 장 도령은 그림자도 보이지 않았다. 한숨을 푹 내쉰 그녀는 장구를 멘 어깨에 힘을 주고 씩씩하게 걸음을 옮겼다.

멀리 참판 댁 기와가 보이려 할 때, 막 어둠이 내리고 있던 골목길 구석에서 휘파람 소리가 살짝 울렸다. 한수였다. 반가운 마음에 그녀가 다가가려 하자 한수가 급히 말했다.

"멈춰! 너 미행당하고 있어."

멈칫한 향실이 주변을 둘러봤지만 아무도 없었다. 한수가 다시 속삭였다.

"안 보일 거야. 솜씨 좋은 기찰포교들이거든."

고개를 끄덕인 향실이 장구를 발치에 내려놓고 잠시 쉬는 시늉을 했다. 그녀가 물었다.

"왜 나타났어? 아니, 왜 안 나타났어?"

잠시 키득거린 한수가 대답했다.

"기다렸어? 가끔 보러 오긴 했지만 몸을 드러낼 수 없었어. 네 주변에 기찰포교들이 늘 달라붙어 있었거든."

"아까 장 도령님 뵀었어."

"알아."

장구를 집어 들어 다시 어깨에 멘 향실이 빠르게 물었다.

"이제 나 뭘 해야 해? 부탁이 있어 온 걸 거잖아?"

잠시 침묵이 이어지다 한수가 빠르게 말했다.

"넌 그냥 가만히 있어. 널 감시하는 녀석들을 내가 거꾸로 따라붙을 거야."

"따라붙어서 뭘 하게?"

"우포청에 본때를 보여주려고."

"오 종사관님?"

"그자를 마냥 놔둘 순 없어. 우리도 참을 만큼 참았거든."

"그래도 조심해."

향실이 참판 댁을 향해 다시 걸음을 옮길 때 한수는 이미 흔적도 없이 사라진 뒤였다. 잠시 후, 향실이 장구를 내려놓았던 바로 그 자리에 두 사람이 새로 나타났다. 작은 키에 다부진 체격을 한 두 사람은 평범한 하인 복장이었다. 그들은 향실이 참판 댁 안으로 들어가는 걸 확인하고도 주변을 오래 서성거렸다. 한 명이 다른 한 명에게 말했다.

"아까 낌새가 이상했지?"

질문 받은 자가 한수가 숨어있던 골목길 쪽을 예리한 눈으로 살피며 대답했다.

"저년 태도가 수상했어. 분명 오늘 누가 나타난 게 분명해. 우리가 뭘 놓쳤지?"

"악공 녀석 행동도 수상했어. 슬슬 입질이 오는 걸 보니, 조만간 낚을 수 있을 거야. 우선 종사관님께 보고하자."

둘은 민첩한 걸음걸이로 우포청 쪽을 향했다. 그런데 주위를 힐끔거리며 경계를 늦추지 않던 둘은 우포청으로 가지 않고 골목길을 빙빙 돌아 회현방으로 되돌아왔다. 조 참판 집 앞에 이른 그들은 딴 짓을 하며 시간을 끌더니 인적이 완전히 사라진 걸 확인하자 고양이 소리를 냈다. 그러자 참판 집 건너편 기와집 쪽문이 살며시 열렸다. 둘은 재빠르게 쪽문 안으로 사라졌다.

텅 빈 골목길을 마른 바람이 한 차례 휩쓸고 지나갔다. 이윽고 담장을 이리저리 옮겨 타며 나타난 한수가 두 사람이 사라진 쪽문 앞으로 살금살금 다가갔다. 그가 냄새를 킁킁 맡더니 혼잣말로 속삭였다.

"잡았다!"

전라도 무주 벽성암의 장로는 산속에 버려진 어린 한수를 우연히 발견했다. 불쌍한 고아를 차마 버려둘 수 없었던 그는 아기를 품에 안고 암자로 돌아왔다. 그는 어린 아기를 데려오긴 했지만 막상 기르려니 앞날이 막막했다. 당장 깊디깊은 산속에서 젖을 구해 줄 방도가 달리 없었다.

장로는 꾀를 냈다. 산속 암호랑이를 불러낸 그가 호랑이 말로 물었다,

"네 젖을 좀 줄 순 없겠느냐?"

암호랑이는 고개를 설레설레 흔들며 사람 말로 대답했다.

"그랬다간 호랑이의 정기를 물려받을 텐데, 장차 어떤 놈이 될 줄 알고 그러십니까?"

골똘히 생각에 잠겼던 장로가 입을 뗐다.

"하긴 그렇구나. 내가 자칫 위험한 호랑이 새끼를 기를 수도 있겠구나. 이를 어쩌지?"

암호랑이가 한 차례 길게 으르렁대자 그녀의 짝인 수호랑이가 나타나 절을 하고 말했다.

"제가 산 아래로 내려가 적당한 암캐 한 마리를 잡아오겠습니다. 개 젖을 물리면 저희처럼 사나워지진 않을 테니 염려 안 하셔도 됩니다."

장로가 고개를 끄덕이자 수호랑이가 쏜살같이 산을 달려 내려갔다. 한참 뒤 호랑이가 물고 온 건 하필 용맹한 풍산개 암컷이었다. 장로가 개에게 물었다.

"이 아기가 젖이 필요하다. 몇 개월만이라도 길러줄 수 있겠느냐?"

고개를 갸웃한 개가 속삭이듯 대답했다.

"장로님 부탁인데 들어들어야지요. 하지만 제 새끼들도 세 마리나 되니 돌아가 데리고 오겠습니다."

장로가 또 고개를 끄덕이자 개는 산 아래로 뛰어 내려갔다. 암호랑이가 물었다.

"돌아오지 않으면 어쩌시려고 허락하셨는지요?"

빙그레 미소 지은 장로가 대답했다.

"자고로 풍산개는 의리가 있고 진실하다. 내 믿어보기로 했다."

풍산개 암컷은 어둑어둑 날이 저물 무렵 어린 새끼 세 마리를 데리고 벽성암으로 돌아왔다. 한수는 그 이후로 풍산개 젖을 먹으며 자라났고, 함께 젖을 먹던 새끼 풍산개들과 형제처럼 어울리게 되었다. 장로는 아예 도술을 부려 한수에게 풍산개의 습성과 생리를 이어받도록 해줬다.

한수가 곡식을 먹을 수 있게 되자 풍산개 어미와 세 마리 새끼는 장로에게 하직 인사를 올리고 산을 내려가기를 청했다. 이상한 분위기를 눈치챈 한수는 개의 말로 울부짖으며 그들과 떨어지지 않으려고 발버둥 쳤다. 그러자 장로가 개의 말로 한수를 꾸짖었다.

"사람 말보다 개 말을 먼저 배워 행동이 그 따위인 게냐? 넌 사람이다! 지금부터는 사람 말을 배우고 사람답게 굴어야 할 것이야! 그렇지 않으면 널 진짜 개로 바꿔 버릴 줄 알아라!"

그렇게 한수는 마지못해 풍산개들과 헤어졌다. 하지만 풍산개의 강인함과 기민함은 이미 그의 몸과 정신 속 깊이 스며든 뒤였고, 장로도 그것까지 어쩌진 못했다. 한수는 개처럼 날래고 단단했으며 보통 사람은 상상할 수 없을 정도로 예민한 후각을 지니게 되었다. 일곱 살 때 그에게 한수라는 이름을 내려준 장로는 이렇게 말했다.

"인간과의 싸움에서 넌 누구에게도 지지 않을 것이다. 다만 주인 없이 함부로 나댔다간 제 명을 다하지 못할 게 틀림없다. 적당한 임자가 나타나면 그를 따라 여길 떠나거라!"

한수를 데려갈 임자는 좀체 나타나지 않았다. 시시껄렁한 왈짜패들이 도를 닦겠다고 찾아와 설쳐대다간 호된 훈련을 이기지 못하고 곧 줄행랑을 놓았고, 무예를 조금 한다는 축들이 장로 앞에서 잔재주를 부리다 크게 혼찌검이 난 채 쫓겨났다. 모두 한수를 거둘 주인이 아니었다.

한수를 데리고 떠날 사람이 찾아왔을 때, 누구보다 먼저 한수가 그를 알아봤다. 한수는 냄새만으로도 상대의 성품과 그릇 됨됨이를 알아볼 수 있는 신통한 재주가 있었기 때문이다. 무관 출신인 장성이 벽성암에 도착하자마자 한수는 그의 몸에서 풍기는 비범한 기운을 금방 알아챘다.

"장로께선 어디 계시냐?"

장성이 점잖게 한수에게 물었다. 한수는 자신을 거느릴 주인이 상대임을 짐작했으면서도 짐짓 거드름을 피우며 대답했다.

"만약 도를 익히려 오셨다면, 먼저 나부터 통과하셔야 될 텐데?"

한수를 지긋이 노려보던 장성이 피식 웃으며 말했다.

"꼬마야. 너 열 살은 넘었느냐?"

두 팔을 허리춤에 갖다 댄 한수가 도도하게 대답했다.

"뭐 잘 하는 거 하나만 대보슈! 내 그걸로 상대해 줄 테니."

한수를 가만히 바라보던 장성이 별안간 몸을 솟구치더니 암자 뒤 큰 은행나무 위로 날아 앉았다. 마치 한 마리 학을 보는 것 같았다. 공손히 두 손을 모아 합장한 한수가 장성에게 예를 표했다. 두 사람의 운명적 관계는 그 짧은 순간 정해졌다.

장성을 제자로 받아들인 장로는 힘들고 고통스러운 과제로 끝없이 상대를 시험했다. 장성은 이를 불평 한 마디 없이 묵묵히 따랐고 결국엔 대부분을 해내고야 말았다. 부드러운 인상과 달리 장성의 내면은 금강석처럼 단단했다. 그는 극한으로 치닫는 수행의 어려움을 저물녘 홀로 뽑는 노랫가락 몇 구절로 날려 버리곤 했다.

벽성암 주변이 빨간 황혼으로 온통 물들던 어느 날, 절벽 끄트머리에 위태롭게 걸터앉은 장성이 구슬픈 노래 한 곡을 조용히 읊조렸다. 그 곁에 앉은 한수가 물었다.

"무슨 노래예요?"

긴 머리를 쓸어 넘긴 장성이 하늘 먼 곳을 뚫어지라 바라보며 대답했다.

"남도 메나리곡조야. 백제 때부터 내려온 모내기 노래지."

"슬퍼요."

"뭐가? 노래가?"

"아니, 장 초관님이요."

"초관이라 부르지 말래도!"

"그럼 뭐라고 불러요?"

"형이라고 불러."

장성의 어깨에 몸을 살짝 기댄 한수가 물었다.

"형은 왜 신선이 되고 싶어요?"

장성의 몸이 미세하게 떨렸고 한수는 그걸 섬세하게 느낄 수 있었다. 장성이 마침내 입을 열었다.

"성불을 못한다면 득선이라도 해보려 한다."

"왜요?"

"돌아가신 어머니의 소원이었다고나 할까?"

"신선 되는 게요?"

천천히 고개를 끄덕인 장성이 완전히 어둠에 잠긴 산봉우리들을 굽어보며 대답했다.

"그래. 신선이 되어 어머니 소원을 이뤄 드리려고 해."

장성 쪽을 향해 코를 킁킁대던 한수가 속삭였다.

"복수를 하려는 거죠?"

잠시 놀란 표정을 짓던 장성은 말없이 일어서서 장로가 있는 암자를 향해 걸어갔다. 그 모습을 지켜보던 한수도 벌떡 일어서서 강아지처럼 그 뒤를 따랐다.

맹렬한 기세로 도를 닦던 장성은 금방이라도 단을 이뤄 신선에 오를 기세였다. 장로는 서둘렀다. 남궁두와 달리 장성은 얼음처럼 침착했고 고비를 넘길 때마다 오히려 더 강해졌다. 마침내 정신의 단약을 다려 황금을 이루려는 찰라, 장로는 자신의 말이 어떤 결과를 빚을지 모른 채 이렇게 외치고 말았다.

"너의 모든 욕망을 태워 버려라! 가장 미운 자를 떠올리고 그 자를 마음속에서 죽여라! 마음에 아무것도 남겨 두지 마라!"

장성은 한 번도 본 적 없는 원수 강자량을 머릿속에 떠올렸다. 그저 마음으로 상상한 모습이었기에 상대에겐 실체가 없었고, 실체가 없었기에 사람은 사라지고 미움만 남았다. 미움은 작은 불꽃이 되어 장성의 심기를 건드리더니 끝내 소용돌이처럼 번져 나갔다. 장성은 비명을 지르며 쓰러졌고, 몸에선 연기 같은 화기가 피어올랐다. 장로는 멍하니 그 모습을 바라보다 실망으로 긴 탄식을 내뱉었다.

계절 하나를 더 보낸 장성은 미련 없이 암자를 떠날 결심을 했다. 장로는 한수를 맡기며 이렇게 부탁했다.

"이 아이는 어차피 속세에서 구르며 살 팔자다. 풍산개의 기운을 품었으니 충직하게 널 따를 것이고 쓸모도 많을 것이다. 부디 잘 보살펴 명대로 살다 가게 돕거라!"

장로의 명령을 받든 장성은 자신을 잘 따르던 한수를 데리고 벽성암에서 내려왔다. 그는 그렇게 익숙한 세상으로 돌아왔으나 막상 하고 싶거나 해야 할 일이 따로 있는 건 아니었다. 어머니의 유언이 새삼 떠올라 강자량에 대해 수소문해 봤지만, 상대는 이미 한양에서 멀리 쫓겨난 처량한 신세가 되어 있었다. 엄청난 환술 능력을 지니게 된 그였건만 딱히 써먹을 곳이 없었다.

하찮은 재주로 길거리에서 노래하고 춤추며 빌어먹던 어느 날, 한수가 물었다.

"복수는 포기했어요?"

장성은 복수해야 할 상대가 사라져 버렸다고 대답했다. 한수가 환하게 웃으며 다시 말했다.

"그럼 우리 온 세상을 떠돌며 돈이나 벌까요?"

"뭐로 돈을 벌지?"

눈이 반짝한 한수가 침을 꼴깍 삼키고 대답했다.

"우리가 하는 공연, 지금부터 돈을 받고 해요! 왜 거지처럼 구걸을 해야 하죠?"

돈을 받고 공연을 한다는 생각을 해본 적 없던 장성은 한참을 망설이다 물었다.

"돈이란 무언가 줄 때에야 받는 것인데, 우린 뭘 줄 수 있지?"

"즐거움!"

"즐거움?"

"백성들을 즐겁게 해주는 거죠! 세상살이에 지친 사람들에게 그보다 좋은 게 어디 있겠어요?"

장성은 그날 처음 즐거움이 돈이 된다는 생각을 하게 됐다. 그리고 그는 장 도령이 됐다. 장 도령이 된 그는 한수를 이끌고 남도 곳곳을 돌아다니며 춤과 음악으로 즐거움을 퍼뜨렸다. 돈이 제법 모이자 공연의 수준은 더욱 높아졌고, 장 도령의 신비한 환술은 빛을 더해갔다. 이 모든 게 실은 한수의 꾀 덕이었다. 한때 신선이 되어 강자량을 무너뜨리고 세상을 바꿔 보겠다던 장성의 막연했던 꿈은 정말 꿈처럼 그의 머릿속에서 완전히 사라져 버렸다.

신선의 도력을 얻지 못할 바엔 그저 즐거운 예인이나 요술사로 삶을 마쳐도 좋겠다는 장성의 생각을 다시 한번 뒤흔든 것 역시 한수였다. 한수는 전주에서 대동계 사람들을 만나 어울리기 시작하며 눈빛이 바뀌었다. 공연 준비를 게을리했고, 구경꾼 모으는 일에도 관심을 잃은 듯했다. 어느 날 참다못한 장성이 한수를 꾸짖었다.

"한수 너! 요즘 무슨 생각에 빠져 있니? 도대체 정신은 있는 거냐?"

한숨을 크게 몰아쉰 한수가 입을 열었다.

"강자량 대감이 한양에서 사라졌다 했소?"

"먼 섬으로 귀양살이 갔다더구나."

"그럼 다 끝인 거요?"

"뭐가 끝이란 거냐?"

"복수 말이요! 그게 강자량이란 인간 하나의 문제가 아니란 말이오!"

한수를 노려보던 장성이 풀죽은 목소리로 말했다.

"그걸 누가 모른다더냐? 그럼 어찌해야 할까? 한양 양반 모두를 없애야 할까?"

그날 밤, 장성은 한수의 손에 이끌려 대동계 모임에 처음으로 참여했다. 만민이 평등하다거나 왕도 백성 중 한 명일 뿐이라는 놀라운 말을 그날 처음 접한 그는 온 천지가 뒤흔들리는 충격에 휩싸였다. 대동계를 처음 만들었다는 정여립은 그에게 이렇게 말했다.

"각자 자기가 있는 자리에서 가지고 태어난 만큼 서로 베풀고 살면 됩니다. 우린 모두가 평등하게 태어났고, 당연히 평등하게 살 권리가 있지요. 왕은 백성들이 좋은 사람을 뽑아 앉혀 주는 자리 이름에 불과합니다. 누구나 돌아가며 해도 되는 그런 자리 말입니다."

정여립과 사귀며 장성은 한수보다 더 믿음 깊은 대동계 계원으로 성장했고, 마침내 자신의 능력을 제대로 펼칠 무대를 발견했다. 그는 큰 결심을 한 날 한수에게 이렇게 말했다.

"한수야! 우리 한양으로 떠나자!"

놀란 표정의 한수가 물었다.

"여기도 할 일이 많은데, 한양은 무슨 말이오?"

장성이 진지한 표정으로 대답했다.

"한양의 낮은 왕이 다스리지만, 밤은 우리가 다스리면 되지 않을까?"

"밤을 말이오?"

"옳지! 밤 말이다. 그건 왕이 아직 손에 넣지 못한 시간 아니냐?"

한참을 멀뚱히 장성을 바라보고만 있던 한수가 키득거리며 웃었다. 장성이 물었다.

"왜 웃기만 하지?"

벌떡 일어선 한수가 큰절을 하고 나서 입을 열었다.

"소신 한수, 밤의 왕 장 도령님께 인사 올립니다!"

어두운 밤이 되자 회현방 전체가 깊은 잠에 곯아떨어진 것 같았다. 바람처럼 나타난 장 도령이 한수 옆으로 다가서며 물었다.

"이곳이 맞니?"

고개를 끄덕인 한수가 대답했다.

"틀림없습니다. 이곳이 놈들의 소굴입니다!"

어둠 속에서 한수의 눈동자가 늑대나 사냥개의 눈처럼 반짝이고 있었다. 장 도령이 다시 입을 열었다.

"놀랍구나! 향실이를 그토록 물샐틈없이 감시했던 비결이 바로 이것이었구나!"

"그렇습니다! 조 참판 집 코앞에 웅크리고 밤낮으로 미행해 왔던 겁니다! 종사관 녀석이 제법 영리합니다."

뒷짐을 지고 기찰포교들이 숨어 있는 집 담장 앞으로 다가간 장 도령이 속삭였다.

"보통 놈은 아니었지. 내 일부러 홍인문에서 한번 잡혀줬지 않았겠니? 그때 슬쩍 관상을 보아하니 꽤나 집요한 성품인 듯했다. 오늘 그 마음을 확실히 꺾어 놓자꾸나!"

몸을 솟구친 장 도령이 담장 너머로 사라지자 한수도 그 뒤를 따라 날렵하게 담을 넘었다. 두 사람은 거의 동시에 사뿐히 마당 위에 착지했다. 이미 촛불이 꺼진 방마다 각각 두 명의 기찰 포교들이 잠들어 있었지만 보초는 보이지 않았다. 두려울 게 전혀 없거나 무사태평한 조직처럼 보였다. 한수가 유일하게 등불이 밝혀진 내실로 살금살금 걸음을 옮겼다.

내실 방문에 오 종사관인 듯한 자의 그림자가 어른거렸다. 서안 앞에 앉아 서류를 읽고 있는 모양이었다. 한수가 코를 킁킁댔다. 고개를 갸웃한 그가 조금 더 바싹 방문에 다가가 코를 벌름거리며 냄새를 맡았다. 잠시 생각에 잠겼던 한수가 급히 몸을 뒤로 물리며 자기 뒤로 다가오고 있던 장 도령을 향해 속삭였다.

"함정입니다!"

표정이 굳은 장 도령이 의아한 눈빛을 보내오자 한수가 다시 말했다.

"제가 익혀 뒀던 냄새가 아닙니다. 다른 놈이란 말이오!"

그제야 사태를 눈치챈 장 도령이 급히 지붕 위로 날아올라 몸을 피했다. 그 순간 잠든 줄 알았던 기찰포교들이 일제히 방문을 박차고 마당으로 쏟아져 나오더니 한수를 향해 활시위를 당겼다.

화살이 날아오는 소리가 들리자마자 한수는 몸을 이리저리 회전하며 공격을 피해 냈다. 화가 날 대로 난 포교들은 한수가 있는 공간 주변을 과녁으로 삼되 일부러 오조준하여 화살을 쏘기 시작했다. 한수가 아무리 몸이 날래도 화살이 날아오는 방향을 종잡을 수 없게 되자 피할 수 있는 각도에도 한계가 찾아왔다. 어떤 화살은 한수의 몸을 간발의 차로 스치기도 했다.

곤경에 처한 한수는 몸을 날려 내실 문을 부수고 그 안으로 들어섰다. 내실 안에 있던 자는 과연 오 종사관이 아니었다. 양 팔목에 쇠갈퀴 모양의 무기를 찬 상대는 한수를 향해 사납게 달려들었다. 겨우 첫 공격을 피해 낸 한수가 몸을 구석 쪽으로 데굴데굴 굴려 벽에 붙어 섰다. 그의 온몸에서 땀이 비 오듯 흘렀다. 상대가 갈퀴를 휘둘러 허공을 가르며 외쳤다.

"들어온 건 네 맘이지만, 나가는 건 그리 되지 않을 것이다!"

한수가 상대의 움직임을 침착하게 관찰하며 속삭였다.

"난 나가지 않아. 도망쳐야 할 건 너야."

한수의 말이 끝나기도 전에 날카로운 쇠갈퀴가 순식간에 다가와 벽에 박혔다. 깜짝 놀란 한수가 본능적으로 몸을 살짝 비틀지 않았다면 머리가 갈퀴 안에 갇히고 말았을 것이다. 상대는 벽에 박힌 갈퀴를 뽑아내는 대신 다른 갈퀴로 연이어 공격을 이어갔다. 두 번째 공격도 간신히 피한 한수가 상대 옆구리를 발로 차 그 반동력을 이용해 반대편 벽으로 튕기듯 이동했다. 상대가 벽에서 갈퀴를 뽑아내며 일으키는 육중한 소리가 방안에 울려 퍼졌다. 한수가 말했다.

"속도가 그게 전부야? 그 정도였어?"

몸을 돌린 상대가 독기 가득한 눈빛으로 쏘아보며 소리쳤다.

"언제까지 피할 수 있을 것 같으냐?"

한수가 히죽 웃으며 대답했다.

"피하지 않는다니까 그러네."

한수가 몸을 웅크려 공처럼 둥글게 말더니 다시 펼치며 천정을 향해 솟아올랐다. 천정에 세게 부딪힌 그의 몸은 다시 동그랗게 말려 바닥을 치고 속도를 얻더니 마침내 사방의 벽 그리고 천정과 바닥을 튕기며 이리저리 빠르게 움직였다. 점점 가속도가 붙은 한수의 둥근 몸은 방의 여섯 면을 자유롭게 활용하며 쏜살같이 이동했다. 상대는 한수의 속도를 따라잡을 수 없었다. 한수가 마지막으로 외쳤다.

"죽이진 않아!"

상대는 쇠갈퀴를 정신없이 휘두르다 한수의 느닷없는 박치기 공격을 당했다. 머리에 강한 충격을 받은 상대는 마치 죽은 개구리처럼 방바닥에 쭉 뻗어 버렸다. 그 옆에 사뿐히 내려앉은 한수가 말했다.

"날 생포하려 했기에 살려주는 것뿐이야. 다음엔 자비를 바라지 마."

말을 마친 한수는 방문 밖으로 서둘러 뛰쳐나갔다. 자신에게 화살을 쏘아대던 포교들은 이미 마당 여기저기에 널브러져 있었다. 그들 사이에 뒷짐을 진 채 서 있는 장 도령을 발견한 한수가 빠르게 다가가며 말했다.

"어서 피합시다! 이게 함정이라면 누군가 또 나타날 거요!"

고개를 천천히 가로저은 장 도령이 대답했다.

"오 종사관 녀석 기세를 꺾어 놓자 하지 않았니? 잠자코 기다리자."

환술

오 종사관이 조 참판 집 하인들 속에 몰래 심어 놓은 첩자는 맞은편 집에서 큰 소란이 일어나자마자 우포청을 향해 뛰었다. 그는 숙직실에 머물며 기찰포교들을 지휘하고 있던 오 종사관을 향해 다짜고짜 외쳤다.

"어항에, 어항에 물고기가 들어왔습니다!"

몸을 벌떡 일으킨 오 종사관은 정예 병력을 이끌고 회현방을 향해 내달렸다. 그가 조 참판 집 근처에 다다랐을 때, 구름에 가려졌던 달 일부분이 드러나며 주변 사물들이 희뿌옇게 드러났다. 종사관이 손을 들어 병력의 움직임을 멈추게 했다. 참판 집 건너편 가옥 안이 쥐죽은 듯 조용했다.

"어찌된 거냐? 큰 싸움이 벌어졌다 하지 않았느냐?"

종사관이 참판 집 첩자에게 물었다. 고개를 갸웃한 첩자가 대답했다.

"승패가 정해진 것 아닐까요?"

가만히 고개를 끄덕인 종사관이 조심스레 쪽문 앞으로 다가가 살며시 문을 밀었다. 얕은 마찰음이 울리며 문이 안쪽으로 스르륵 밀렸다. 급히 한 걸음 물러선 종사관이 칼집에서 칼을 빼들고 침착하게 쪽문 안으로 들어섰다. 그러자 남은 병력들도 다양한 무기를 꺼내 들고 한 명씩 문 안으로 뛰어들었다.

쪽문 안으로 들어선 정예병들은 마당 한가운데 우뚝 서서 무언가를 노려보고 있는 종사관을 발견했다. 부하들이 자신 옆으로 다가서려 하자 종사관이 손을 번쩍 들어 이를 막으며 말했다.

"너희들도 저게 보이느냐?"

정예병들이 주변을 아무리 둘러봐도 개미 새끼 한 마리조차 보이지 않았다. 누군가 속삭이듯 외쳤다.

"종사관님! 아무것도 보이지 않습니다!"

두 손으로 환도를 움켜쥔 종사관이 이를 악물고 말했다.

"저게 안 보인단 말이냐? 좋다! 나 혼자 상대할 테니 너희들은 좌우포청 모든 병력을 출동시켜라! 어서!"

병력 가운데 두 명이 각각 좌우포청을 향해 달려가자 남은 병력은 종사관 주변을 둘러싸며 사방을 경계했다. 부하들을 둘러보며 종사관이 다시 외쳤다.

"안 보인다 하지 않았느냐? 저게 이제 보이느냐?"

부하들이 서로를 바라보며 웅성대더니 그 중 한 명이 대답했다.

"저희들에겐 아직 아무것도 보이지 않습니다."

한숨을 내쉰 종사관이 홀로 내실 쪽으로 다가가며 속삭였다.

"그렇다면 내가 먼저 저놈의 환술을 깨버려야겠다! 그럼 너희들 눈에도 보이게 되겠지! 여기서 기다려라!"

칼을 높이 치켜올린 종사관이 내실 마루 위로 몸을 날렸다.

내실 마루에 가부좌를 틀고 앉은 악귀부처는 황금색으로 빛나는 커다란 몸을 좌우로 조금씩 흔들며 금강경을 외우고 있었다. 부리부리한 눈동자는 분노로 가득했고 길게 다문 입술은 뒤틀린 채 거만한 미소를 머금고 있었다. 포동포동한 두 손을 들어올려 항마촉지인(降魔觸地印)을 지은 악귀부처가 오 종사관을 내려다보며 속삭였다.

"항마촉지인을 아느냐?"

환도를 고쳐 쥔 종사관이 대답했다.

"내가 이래뵈도 불심 깊은 몸이시다! 석가여래께서 악귀를 물리치시는 손 모양 아니더냐?"

낄낄대며 웃던 악귀부처가 입을 열었다.

"내가 부처이니만큼 넌 악귀다! 땅에 엎드려 용서를 구하거라!"

조금씩 상대에게 다가가며 종사관이 속삭였다.

"악귀는 네놈이다! 부처의 형상을 빌려 날 두렵게 하려는 수작인 듯한데, 어림없는 짓이다!"

갑자기 항마촉지인을 푼 악귀부처가 입술을 동그랗게 오므리더니 휘파람을 불었다. 그러자 내실에서 기찰포교들이 하나둘씩 걸어 나오더니 종사관을 향해 공격 자세를 취했다. 그들의 눈동자에서는 거꾸로 된 붉은 만(卍) 자가 빛나고 있었다. 혼을 빼앗긴 허수아비들이었다.

몸을 솟구친 종사관은 부하인 기찰포교들의 뒤통수를 차례대로 칼등으로 후려쳤다. 모든 포교들을 바닥에 쓰러트린 그가 이마의 땀을 닦으며 악귀부처에게 소리쳤다.

"이 따위가 네 녀석이 부리는 환술이냐? 너 장 도령이란 놈이 맞느냐?"

악귀부처가 익살맞은 표정으로 해맑게 웃어 젖혔다. 마침내 숨을 고른 악귀부처가 합장을 했다. 그러자 종사관이 딛고 선 마루가 한 차례 부르릉 떨렸다. 악귀부처가 합장한 손을 좌우로 움직일 때마다 마루 역시 좌우로 출렁거렸다. 종사관은 그때마다 공중으로 몸을 띄워 간신히 균형을 유지했다. 악귀부처가 빙그레 미소 지으며 말했다.

"한 바퀴 돌려볼까?"

악귀부처가 두 손을 합장한 채 부드럽게 한 바퀴 회전했다. 그러자 마루도 한 바퀴 돌아 제 자리로 돌아왔고, 종사관의 몸은 천정에 세게 부딪혔다 다시 마루 위로 내동댕이쳐졌다. 놓쳤던 칼을 다시 손에 움켜쥔 종사관이 기합 소리를 크게 내지르며 악귀부처 얼굴을 향해 몸을 날렸다. 그의 칼끝이 거의 상대 눈썹 사이에 닿으려는 순간, 팡 하는 소리와 함께 세상이 하얗게 빛났다.

오 종사관이 정신을 차리자 상큼한 꽃향기가 먼저 맡아졌다. 가볍게 눈을 뜨니 아름다운 정원 풀밭 위였다. 찬찬히 몸을 일으켜 세운 그가 주변을 살폈다. 이름을 알 수 없는 온갖 꽃들과 향초들이 아름다운 정원을 가득 채우고 있었는데, 화려한 공작새들이 그 사이로 무리지어 느긋하게 움직이고 있었다. 멀리 화강암으로 지은 멋진 사원이 보였다. 조선이 아닌 먼 서쪽 어느 나라인 듯했다.

"함께 춤을 출까요?"

누군가 그의 등 뒤에서 물었다. 고개를 급히 돌리자 까무잡잡한 피부의 서방 미녀가 환하게 웃으며 손을 내밀었다. 부처님의 나라인 천축국 소녀였다. 종사관은 자기도 모르게 손을 건넸다. 둘은 정원을 가로지르며 이상한 몸짓의 춤을 췄다. 소녀의 몸에서 번져 나오는 이국적 향기에 넋을 잃었던 종사관의 머릿속에 문득 칼 생각이 떠올랐다. 서둘러 자신의 허리춤을 확인해 봤지만 칼집이 없었다. 소녀가 웃으며 속삭였다.

"칼은 잊으세요. 춤이 끝나면 돌려 드릴게요. 잊으세요, 칼 따위는."

소녀의 몸을 사납게 밀쳐낸 종사관이 처음 자신이 깨어났던 풀밭을 향해 맹렬한 기세로 뛰기 시작했다. 마침내 풀밭에 도착한 종사관이 아무리 뒤져도 칼은 보이지 않았다. 어느새 곁으로 다가온 소녀가 나지막이 말했다.

"당신이 칼로 이길 수 있는 자가 여긴 없어요. 칼로 벨 수 있는 물건도 이곳엔 없고요."

약이 오른 종사관이 소녀를 붙잡으려 몸을 날렸다. 소녀는 눈 깜짝할 사이에 저만치 멀어져 있었다. 종사관은 이번엔 잽싸게 몸을 굴린 뒤 뛰어오르며 소녀 얼굴을 향해 발길질을 했다. 소녀가 한 팔로 가볍게 발을 쳐내자 종사관은 팔과 다리를 마구 뻗으며 거칠게 전진했다. 그러자 소녀의 몸에서 두 개의 팔과 두 개의 다리가 더 튀어나와 종사관의 공격을 부드럽게 받아냈다. 결국 종사관은 지쳐 땅에 쓰러졌다.

"당신이 잡으려는 자가 과연 무슨 잘못을 했나요? 생각해 보세요. 무슨 잘못을 저질렀나요?"

소녀가 종사관 등 뒤에 서서 속삭였다. 겨우 몸을 일으킨 종사관이 대답했다.

"국법을 어겼다."

소녀가 다정한 목소리로 물었다.

"무슨 국법을 어겼나요?"

잠시 생각에 잠겼던 종사관이 입을 열었다.

"전주에 도사리고 있는 반역자들의 끄나풀이다. 한양을 혼란에 빠트려 임금님을 몰아낼 심산임을 내 잘 알고 있다."

소녀가 깔깔대며 웃고 나서 다시 속삭였다.

"얼마나 바보 같은 말인지 스스로 알고 있나요? 전주에 반역자가 있다면 전주로 가서 잡으세요! 과연 증거가 있나요? 그런 증거가 없다면 무슨 근거로 엉뚱한 사람을 역도로 엮으려 하시나요? 배오개 장터 사정은 예전보다 오히려 좋아졌습니다. 그것까지 부인할 순 없으실 거예요! 묻습니다. 당신이 잡으려는 자가 과연 무슨 잘못을 했나요?"

종사관은 천천히 고개를 떨어뜨린 채 대답하지 못했다. 기세가 차츰 꺾인 그가 침통한 목소리로 말했다.

"난 병조 소속인 우포청 무관으로서 상부 명령을 따를 뿐이다. 전주 사정은 내가 알 수 있는 바가 아니고, 단지 한양의 치안을 유지하는 게 내 임무다."

소녀가 종사관의 어깨를 어루만지며 말했다.

"한양의 치안을 잘 유지하세요. 당신이 잡으려는 자도 같은 뜻일 겁니다."

종사관이 혼란해진 마음으로 생각의 갈피를 잡지 못하고 있을 때, 문득 풀밭 위로 튀어나온 칼 손잡이가 그의 눈에 띄었다. 몸을 살짝 숙인 종사관이 손끝으로 손잡이를 툭 치자 칼이 옆으로 누우며 전체 모습을 드러냈다. 순간 제정신이 돌아온 종사관이 살며시 칼을 쥐고는 낮은 기합 소리를 내며 소녀 몸통을 향해 위로 올려 벴다. 칼은 소녀 목을 살짝 빗나갔다. 몇 걸음 물러선 소녀가 네 개의 팔로 박수를 쳤고 다시 팡 하는 소리와 함께 세상이 하얗게 밝아졌다.

누군가 자신의 몸을 세차게 흔들자 오 종사관은 비로소 의식이 돌아왔다. 눈을 뜨고 주위를 둘러보자 마당과 마루를 좌우포청 포교들이 가득 채우고 있었다. 아침 햇살이 막 번지려는 이른 새벽이었다. 자신을 흔든 자의 얼굴을 올려다보며 오 종사관이 물었다.

"뉘시오?"

상대가 알쏭달쏭한 표정을 지으며 천천히 대답했다.

"나 좌포청 종사관 임달충이라 하오. 어제 좌포청 번을 서고 있었소. 이리로 출동해 달라고 전령을 보내지 않으셨소? 황급히 병력을 몰고 도착해보니, 뭐라 말해야 되나? 그렇지! 오 종사관께서 혼자 마루 위에서 헛소리를 외치며 이리저리 막 뛰어다닙디다. 말려도 소용없기에 그저 바라보고만 있었소. 좀 전에 결국 마루 위로 쓰러지시던데? 한참을 기다려도 일어나지 않기에 깨운 것뿐이니 오해 없으시기 바라오."

간신히 몸을 일으켜 세운 오 종사관이 자신의 부하들에게 물었다.

"기찰포교들은 어디 있느냐? 무사하냐?"

부하 한 명이 내실 쪽을 가리켰다. 오 종사관이 내실 안을 살피자 깊은 잠에 곯아떨어진 기찰포교들이 서로의 몸을 베개 삼아 뒤엉켜 누워 있었다. 한숨을 내쉰 오 종사관이 멋쩍은 표정으로 임 종사관에게 말했다.

"어젯밤 뭐라 말씀드리기 힘든 이상한 놈을 추적하고 있었소. 아무튼 그러하오."

천천히 고개를 끄덕인 임 종사관이 물었다.

"그건 충분히 이해하오만, 혹시 어제 부하들과 술 자셨소?"

오 종사관이 임 종사관을 잠시 노려보더니 고개를 가로저으며 대답했다.

"좌포청에는 미안하게 됐소. 내 병조판서께 잘 말씀 올리리다. 그만 가보셔도 좋소!"

마당으로 내려선 오 종사관이 손으로 후퇴 명령을 내리고 먼저 밖으로 나섰다. 그를 따라 우포청 병력이 썰물처럼 빠져나갔다. 임 종사관이 혀를 끌끌 차며 좌포청 소속 자기 부하들에게 말했다.

"저 기찰포교들을 업어 좌포청에 데려다 주고 복귀하거라! 그래도 기찰포교들인데 체면이 깎이면 되겠느냐?"

문밖으로 나서려던 임 종사관 눈에 조 참판 집이 새삼 들어왔다. 간밤엔 하도 경황이 없어 눈에 띄지도 않던 집이었다. 뭔가 골똘히 생각에 잠겼던 임 종사관이 급히 걸음을 돌려 마당으로 되돌아가더니 부하들 등에 업힌 기찰포교들 얼굴 하나하나를 확인하기 시작했다. 누군가의 얼굴을 발견한 임 종사관이 흠칫 놀랐다. 부하 한 명이 물었다.

"왜 그러십니까?"

일그러진 표정의 임 종사관이 대답했다.

"아무것도 아니다. 너희들은 어서 움직여라. 난 달리 들를 데가 생겼다."

임 종사관은 우포청 오 종사관 집무실로 들어서며 잠시 망설였다. 동료를 의심하는 것보다 견디기 힘든 일도 없었다. 집무실 탁자에 앉은 그는 맞은편의 오 종사관 얼굴을 뚫어지라 바라보기만 했다. 어색한 표정을 지은 오 종사관이 먼저 입을 열었다.

"실례가 많았소. 그 때문에 오신 거라면 거듭 사과하고 싶소!"

고개를 삐딱하게 꼰 임 종사관이 천천히 입을 뗐다.

"사과 받고 싶은 건 따로 있는데, 과연 솔직하게 말해 주실지, 그건 잘 모르겠소만."

오 종사관의 눈빛이 잠시 흔들렸다. 임 종사관이 다시 말했다.

"기찰포교들을 조 참판 댁 바로 옆에 숨겨 뒀다는 건, 조 참판을 감시하고 있었다는 건데, 도대체 왜요?"

오 종사관의 얼굴 근육이 미세하게 떨리기 시작했다. 한참 뜸을 들인 뒤 그가 마침내 입을 열었다.

"참판을 감시한 게 아니고, 그 집에 있는 다른 누군가를 감시했던 거요."

"그럼 그 다른 누군가가 범죄자와 내통하고 있었다는 뜻?"

오 종사관이 천천히 고개를 끄덕이자 임 종사관이 날카로운 눈빛을 하며 다시 물었다.

"범죄자라면 누구?"

길게 숨을 몰아쉰 오 종사관이 속삭이듯 대답했다.

"밤의 왕 장생. 난 그자가 장 도령이라고 믿고 있소."

몸을 뒤로 천천히 물린 임 종사관이 낮고 단단한 목소리로 말했다.

"장생이라면 전주에서 올라온 왈짜패 두령이고, 병조판서 대감이 조만간 역적으로 몰아 잡아들이려는 자가 아니요? 우리 좌포청도 그 정도는 꿰고 있소. 헌데 말이지, 우포청에서 왜 나까지 감시했을까? 이상하지 않소? 내 비록 동인당 소속이라지만 엄연히 포청 종사관이거늘, 같은 종사관이 어째서 날 감시하지?"

당황한 오 종사관이 눈썹을 부르르 떨며 대답했다.

"무슨 망발이시오? 누가 누굴 감시했다는 게요?"

임 종사관이 갑자기 탁자를 주먹으로 쾅 치며 벌떡 일어섰다. 그가 화를 참으려 숨을 고르더니 싸늘한 어조로 말했다.

"애초 날 부른 게 실수였어. 오 종사관이 부리는 기찰포교들 가운데 아는 얼굴 하나가 있더군. 얼마 전까지 날 그림자처럼 뒤따르던 자였지. 진즉 눈치챘지만 왈짜패가 심은 첩자려니 여겨 웃어넘겼었어. 헌데 오늘 아침에 보니, 그 녀석이 바로 당신 밑에 있는 기찰포교였더군! 이걸 어찌 설명하시려나? 입이 있으면 당장 말해 보시오!"

오 종사관이 입을 벌린 채 뭐라고 말하려다 포기하고 상대의 눈길을 피했다. 다시 자리에 털썩 앉은 임 종사관이 말했다.

"병조판서 대감도, 또 당신도 모두 서인당이니 내 짐작은 가오. 장생이란 역도와 날 엮으려는 거 아닌가? 어찌 나 하나뿐일까? 나를 꼬투리로 삼아 동인당 전체를 치려는 허튼 수작 아닌가 말이지!"

오 종사관이 몸을 일으키더니 좌우로 서성거리기 시작했다. 그로선 무슨 수로도 문제를 수습할 길이 보이지 않았다. 마침내 임 종사관을 향해 그가 말했다.

"병조판서 대감을 모시고 오겠소!"

병조판서

얼룩말 같은 병조판서의 얼굴이 벌겋게 상기된 채 조금씩 좌우로 흔들렸다. 평소 능글맞기로 정평이 난 그가 자신의 속 감정을 드러내는 일은 좀체 없었다. 하지만 오 종사관의 보고를 받고 난 그의 얼굴은 험상궂기 이를 데 없었다.

"그깟 왈짜패 두령의 환술에 홀려 좌포청까지 끌어들였단 건가?"

병조판서가 씹어뱉듯 천천히 물었다.

"말씀드린 것처럼, 장생 녀석의 환술에 취해 제정신이 아니었습니다. 죄송합니다!"

고개 숙인 오 종사관이 침통한 목소리로 대답했다. 병조판서가 눈을 감고 오래도록 말이 없다가 마침내 입을 열었다.

"난 병조판서로 벼슬살이를 끝낼 생각이 없어. 그럴 요량이면 벌써 이 지긋지긋한 생활 걷어치웠겠지. 집안으로 보나 과거 성적으로 보나, 내가 황경욱 대감보다 못한 게 있나? 당상관에도 내가 먼저 올랐어! 좌의정 자리는 원래 내 자리였다고! 헌데 병조판서 자리 하나 제대로 감당하지 못한다면, 다들 나보고 뭐라고 할까? 오형필! 널 진짜 아껴서 그 자리를 만들어 준 거야. 똑바로 알고는 있나?"

오 종사관이 어깨를 늘어뜨린 채 고개를 들지 못했다. 다시 차분해진 병조판서가 물었다.

"나보고 우포청으로 직접 가 달란 그 말이지?"

오 종사관이 천천히 고개를 끄덕였다. 수염을 쓰다듬으며 병조판서가 다시 말했다.

"그렇게 하지! 내게 아주 좋은 수가 떠올랐거든! 다만 자네도 각오할 게 하나 있어."

오 종사관이 고개를 들어 병조판서를 쳐다봤다. 병조판서가 일그러진 표정으로 속삭였다.

"내가 임달충에게 뭘 하나 제안할 거야. 녀석은 상상도 못할 그럴듯한 제안이지! 하지만 그자가 거절할 수도 있어. 워낙 강직하기로 소문이 자자하다면서? 상관없어! 명성이 커지면 약점도 커지는 법이니까. 게다가 물지 않곤 못 배길 미끼를 던질 거거든. 물론 그렇긴 하지만 말이지. 만에 하나 임달충이 내 제안을 거절한다면, 자네가 조금 바빠지겠지?"

"무슨 말씀이신지?"

"내가 시정잡배인 왈짜패와 동인당을 엮으려 했다는 걸 임달충이가 눈치챈 거 아닌가? 기찰포교들의 정체도 파악한 거고. 이런 자를 어찌 살려둘 수 있겠나?"

"그렇다면 설마?"

"아냐, 아냐! 아직은 아냐! 제안을 하나 할 거라니까 그러네! 그걸 거절하면 그 땐 입을 막아야지! 자네가 싼 똥, 자네가 치우라고! 알아듣지?"

오 종사관이 입술을 가늘게 떨며 뭐라 대답했지만 그게 뚜렷한 소리가 돼 밖으로 울리진 않았다.

우포청 안으로 들어선 병조판서는 함께 온 오 종사관을 청사 뜨락에 대기시켰다. 그는 깊은 숨을 몰아쉰 뒤 종사관 집무실로 들어섰다. 임 종사관은 병조판서를 발견하고 일어서서 예를 표했다. 천천히 상석에 앉은 병조판서가 물었다.

"좌포청 종사관이 우포청에서 이 무슨 행패인가? 필시 깊은 오해가 있나 본데, 어디 한번 들어나 볼까?"

자리에 앉은 임 종사관이 입을 열었다.

"송구합니다. 그럼 감히 말씀드리지요. 실은 어젯밤 우포청 요청으로 회현방에 출동했었습니다. 장생이란 자를 추포하려는 과정에서 저희 좌포청의 협조를 구한 것으로 압니다."

"그런데?"

"부끄럽게도 장생이란 자는 놓쳤습니다. 다만 그곳에 있던 우포청 기찰포교들 가운데 눈에 익은 자가 하나 있더군요."

"눈에 익어?"

"얼마 전까지 제 뒤를 밟던 자였습니다. 무슨 이유에서인진 잘 모르겠사오나, 우포청에서 절 기찰한 게 분명합니다. 오 종사관이 단독으로 그런 일을 하지는 않았을 터, 병판 대감의 솔직한 해명을 듣고 싶습니다."

병조판서는 말없이 임 종사관을 바라보기만 했다. 손깍지를 낀 그가 고개를 꼿꼿이 세우고 말했다.

"장생이란 놈의 정체를 짐작은 하고 있겠지? 아, 물론 흔한 놀이패 출신 왈짜일 수도 있어. 아직 역도라는 뚜렷한 증좌는 없으니까. 하지만 말이야. 만에 하나 그놈이 역도라면? 그럼 어찌 되지? 한양성 한복판에서 반역 세력이 똬리를 틀려 하고 있다면 말이지! 난 그런 걱정을 해야 하는 사람이야. 그래서 오 종사관에게 조금이라도 연관점이 있다면 누구든 기찰하라 명했어. 물론 기찰 대상 가운데 자네가 왜 들어갔는지는 몰라. 억울할 수야 있겠지만, 뭐 어쩌겠나? 시국을 원망할밖에!"

두 주먹을 움켜쥔 임 종사관이 말했다.

"제가 동인이기 때문에 기찰한 것 아니겠습니까? 나아가 동인당 전체를 장생이란 자와 엮기 위한 의도가 아니겠습니까? 대감께서 시키신 일이 아니라면, 부당한 기찰을 한 오형필을 당장 하옥하고 엄히 문초하도록 명하십시요!"

눈을 감은 병조판서가 잠시 고개를 숙이고 생각에 잠겼다. 마침내 다시 눈을 뜬 그가 나지막이 속삭였다.

"지금부터 내가 하는 말을 잘 듣게! 나도 살고 자네도 사는 길이니까. 서로 손해 볼 일도 전혀 없고!"

잠시 뜸을 들인 뒤 병조판서가 목소리를 낮춰 말했다.

"임 종사관! 당장 내일부터 좌의정을 은밀히 기찰하게!"

깜짝 놀란 임 종사관이 할 말을 잃고 상대를 노려보기만 하자 병조판서가 다시 말했다.

"놀랄 것 없어. 내 솔직히 말하지. 황경욱 대감은 우리 서인당의 적자가 아니야! 술버릇도 고약해서 강자량 대감 몸에 손을 댄 적도 있지. 강 대감이 허봉 형제와 자네 때문에 유배만 가지 않았어도, 그런 자가 어찌 감히 좌의정 자리를 넘볼 수 있었겠나? 그저 운이 좋아 그 자리를 차지한 거야. 만약 내가 좌의정에 오른다면, 그렇게만 된다면 말일세! 난 강자량 대감 일은 다 잊고 동인과도 화해할 생각이야. 강 대감은 강 대감이고, 나는 나니까. 하지만 지금의 좌의정은 너무 위험해! 이번 기찰도 사실은 그자 머리에서 나온 거야. 그걸 가만히 놔둘 텐가?"

임 종사관이 떨리는 목소리로 물었다.

"그걸 왜 제가 맡아야 하는 겁니까? 그리고 뭘 기찰하라는 것입니까?"

빙그레 미소를 띤 병조판서가 대답했다.

"서인당 소속 좌의정을 같은 서인이 고발할 수는 없지 않은가? 동인 손으로 해야 임금님께서도 믿지 않으실까? 뭘 기찰하냐고? 그건 자네 상상력에 달린 문제야. 장생이 꼭 동인들하고만 손잡으란 법은 없지 않은가? 내가 아까 했던 말을 잘 곱씹게! 황경욱 대감은 우리 서인당의 적자가 아니야! 나야말로 강자량 대감의 후계자였어. 아, 물론 자네나 허봉 형제 입장에선 강 대감에게 유감이 많겠지. 그래! 그건 이해하네. 하지만 세상은 말일세! 이 세상은 순진하게 돌아가지만은 않아. 엉뚱한 사람과 한배를 타기도 하고, 가족 같던 벗의 등에 칼을 꽂아야만 할 일도 생기게 마련이지."

임 종사관은 머리가 아득해지는 기분이었다. 그가 생각의 갈피를 찾지 못하고 침묵에 잠기자 병조판서가 가볍게 몸을 일으키며 덧붙였다.

"우리 둘에게 다 좋은 일이야. 자네 앞날을 생각할 때는 더욱 그렇고! 동인이면 어떻고 서인이면 또 어떤가? 자네와 내가 사내의 의리로 힘을 합치면, 그까짓 당색은 아무 문제가 안 돼! 꿈을 크게 꿔 보게. 황경욱이 제 딴엔 좌의정이라 뻐기지만 따르는 사람으로만 치자면 내가 윗길이야. 이게 엄청난 기회란 걸 모를 바보는 아니라 믿네."

임 종사관이 밖으로 나가려는 병조판서의 등을 향해 물었다.

"만약 거절한다면, 그럼 어찌 됩니까?"

걸음을 멈춘 병조판서가 입맛을 쩍 다시고 계속 등진 채 대답했다.

"뭐 별일이야 있겠나? 황경욱 그자가 예전에 강자량 대감 멱살을 쥐었었어. 나라면 참지 못했을 텐데, 그걸 참아내시더군. 천하의 강 대감이 말일세. 모든 사람에겐 보려는 자에게만 보이는 전혀 다른 면이 숨어 있네. 그때 난 용서를 배웠어. 잘 품어야 높이 오르는 거구나 하고 깨달았지."

몸을 돌린 병조판서가 임 종사관 눈을 똑바로 바라보며 다시 말했다.

"하지만 강 대감이 자신의 후계자가 바로 나라고 말해 줬던 날도 바로 그날이었지. 황경욱이 자신의 멱살을 쥐었던 그날 밤 말일세! 난 내 자리를 찾으려는 것뿐이야."

말을 마친 병조판서는 바람처럼 문밖으로 사라졌다. 임 종사관은 탁자를 바라보며 생각에 집중하고자 노력하고 또 노력했다. 그가 마침내 일어서서 밖으로 나서자 오 종사관이 뜨락에 우뚝 선 채 미묘한 표정으로 그를 노려보고 있었다. 상대의 시선을 외면한 임 종사관은 걸음을 재게 놀려 경복궁으로 향했다.

임달충이 경복궁으로 간 데엔 분명한 이유 따위란 없었다. 그저 심란한 마음을 다스리고 사태를 정확히 파악할 시간을 벌고자 했을 따름이었다. 이유는 나중에 만들어졌다. 그는 내금위에 있는 얼자 동생 임문충을 만나야 했다. 그 역시 따로 이유는 없었다. 그냥 무인의 본능이었다.

마침 번에서 빠져 있던 문충은 형을 만나기 위해 서둘러 궁 밖으로 빠져나왔다. 달충보다 체격이 훨씬 크고 우락부락한 문충은 장비를 닮아 있었다. 그가 급히 물었다.

"생전 먼저 아우를 찾는 법이란 없던 분이 웬일이쇼? 필시 화급한 일이 생긴 모양이구려!"

달충이 맥없이 웃고 나서 주변을 두리번거렸다. 그 모습을 지켜보던 문충이 목소리를 낮춰 물었다.

"누군가에게 쫓기고 계시구먼?"

달충이 살짝 고개를 끄덕였다. 한숨을 내쉰 문충이 허리춤에 찬 칼집을 손으로 툭툭 치다 입을 열었다.

"미행이 붙으셨다? 그 말 아뇨? 그럼 우리 술이나 마시러 갑시다!"

문충은 형을 데리고 피맛골 구석 주점으로 갔다. 아직 벌건 대낮이었지만 이른 저녁에 반주를 곁들이려는 서민들로 골목마다 붐비고 있었다. 탁주 한 사발을 벌컥벌컥 단숨에 비운 문충이 눈을 가늘게 뜨며 물었다.

"여긴 소란스러우니 안심하고 속마음을 말씀해 보슈!"

침착한 표정으로 물끄러미 아우의 얼굴을 바라보던 달충이 속삭였다.

"덫에 걸렸다."

두 눈을 사납게 부릅뜬 문충이 고개를 쓱 내밀며 짧게 물었다.

"누구 덫?"

탁주 한 모금으로 목을 축인 달충이 나지막이 대답했다.

"병조판서!"

술 사발을 쥔 문충의 팔뚝 힘줄들이 꿈틀거리며 솟아올랐다. 탁주 한 사발을 더 비운 문충이 물었다.

"나야 얼자 신분이라 동인이니 서인이니 그딴 구별이 뭔 필요겠소? 하지만 형님은 동인 아뇨? 병조판서 자식은 서인이고! 동인이 서인 덫에 걸렸다면, 까짓 거 그냥 찢어발기슈!"

"그리 쉬운 문제가 아니다. 생각보다 복잡한 덫이야."

달충은 아우에게 어젯밤부터 벌어졌던 일들을 소상히 말해 줬다. 크게 고개를 끄덕인 문충이 우두둑 소리가 나도록 손가락 마디를 꺾으며 말했다.

"병조판서 말을 따르게 되면, 형님은 같은 동인들 손에 죽소! 좌의정을 제거해 봤자 그게 어디 번듯한 공이나 되겠소? 어차피 병조판서의 하수인일 뿐이란 거지. 그렇다고 그 자식 말을 안 들어도, 역시 죽소! 병조판서가 형님을 그냥 놔둘 리가 없거든."

"그럼 어찌 해야 될까?"

말없이 형을 바라보던 문충이 피식 웃으며 입을 열었다.

"지난번 형님이 좌의정 강자량을 몰아낼 때 말이요. 허봉 형제랑 힘을 합쳤다 하지 않으셨소?"

"그랬지."

"형님이나 하봉 형제 모두 서인들에겐 눈엣가시였을 거요. 그런데도 여태 못 건드렸잖소?"

"그야 역적 무리를 토벌했으니까."

다시 히죽 웃은 문충이 두 주먹을 양 무릎에 가져다 대며 말했다.

"임금님 입장에서야 그랬겠지. 서인들 입장에선 또 다르지 않겠소?"

"뭐가 다르지?"

"죽이고 싶었겠지! 그런데 죽이기는커녕 형님을 좌포청에서 몰아내지도 못했어. 서인들이 임금님 무서워서 그랬겠소? 아니지! 동인들 눈치가 보여서? 뭐 조금 보긴 하겠지만, 포청 종사관

벼슬이 뭔 대수라고 동인들이 그것까지 신경이나 써 주겠소? 그렇담 누구 때문이겠소?"

"허봉 형제?"

크게 고개를 끄덕인 문충이 목소리를 낮춰 속삭였다.

"맞소! 그 형제가 건재한 한 형님도 건재했던 거지. 말을 바꾸면 허봉 형제가 무너지면 형님도 무너지게 된다 그거요. 허봉 형제는 서인들에게 만만치 않은 상대고, 그러니 함부로 칠 수도 없었던 거지. 그러니까 말이요! 형님!"

"그래. 문충아!"

"허봉 형제에게 당장 달려가쇼!"

"지금?"

"지금! 어차피 병조판서랑 형님은 같이 갈 수가 없소. 허봉 형제랑 힘을 합쳐 병판 녀석을 쳐버리쇼!"

"그럼 좌의정 황경욱을 돕는 격이잖아?"

"싸울 땐 말이요. 아참, 형님 좋아하는 그런 정식 대결 말고! 나처럼 길거리 개싸움 할 땐 말이요. 우선 상대 숫자를 줄이고 보는 거요. 순서 따위가 뭔 상관이야? 일단 눈앞에 보이는 놈부터 치고, 그 다음에 제일 세 보이는 놈과 붙는 거지. 형님 눈앞에 지금 누가 있소?"

"병조판서!"

"그러니까 딴 생각 말고 그놈을 먼저 죽이쇼!"

달충이 천천히 고개를 끄덕였다. 주변을 쓱 훑은 뒤에 문충이 물었다.

"지금 우리 주변에 몇 놈이나 붙었소?"

"다섯."

"다섯이나? 좋소. 이 아우가 모조리 해치울 테니, 그 틈에 허봉 형제한테 튀쇼!"

"다섯을 당해낼 수 있나? 우포청 정예 기찰포교들인데?"

소매를 천천히 걷어붙이며 문충이 속삭였다.

"술도 잘 마셨겠다, 열이면 또 어떻소?"

문충은 그야말로 괴력을 발휘했다. 평소 자신이 지닌 힘의 반도 써 보지 못했던 그는 형을 위해 사력을 다해 싸웠다. 달충 앞을 막아선 첫 번째 상대를 번쩍 들어올린 그는 상대를 빙빙 돌리다 골목 구석에 메다꽂았다. 그 순간 주점은 아수라장이 됐다. 두 번째 상대는 문충만큼이나 완력이 강해 힘만으로는 쉽게 제압되지 않았다. 다리를 슬쩍 걸어 상대의 균형을 무너뜨린 문충은 자신의 체중을 모두 실어 벽 쪽으로 밀어붙였다. 상대를 벽으로 몰고 간 그는 순간적으로 살짝 몸을 떼어내 작은 공간을 만든 뒤 상대 명치에 주먹을 찔러 넣었다. 상대는 다시 일어서지 못했다.

 문충이 달충 쪽을 돌아보자 홀로 셋을 상대해 힘겹게 버티고 있었다. 탁자 위를 건너뛴 문충은 그 가운데 한 명의 등을 무릎으로 찍어 찬 뒤, 그 반동으로 허리를 비틀어 다른 한 명의 얼굴을 뒤로 돌려 찼다. 남은 한 명은 양손에 칼을 쥐고 덤벼들었다. 문충은 허리를 몇 차례 뒤로 꺾어 공격을 피해 내더니 어느새 상대 뒤로 돌아가 허리를 움켜쥐었다. 그는 칼을 휘두르고자 바동거리는 상대 허리를 번쩍 들어 올리더니, 순식간에 몸을 뒤로 젖혀 자신의 어깨 뒤쪽 멀리 집어던졌다.

 이마에 맺힌 땀을 손등으로 쓱 훔친 문충이 형에게 소리쳤다.
 "빨리 가보슈! 이래뵈도 내금위 소속이니 내 걱정일랑은 묶어 두시고!"

 달충은 허봉의 집이 있는 건천동을 향해 미친 듯이 내달렸다. 술기운이 올라 가끔 낯선 골목 귀퉁이에 몸을 감추기도 했지만, 그는 꾸준히 움직여 마침내 허봉 집 문 앞에 이르렀다. 지친 몸을 구부리고 숨을 몰아쉬는 순간, 그는 미묘한 인기척을 느끼고 동작을 멈췄다. 여러 명임에 분명했다. 달충은 칼을 천천히 뽑아 들며 허리를 폈다.
 "나와라! 여기서 기다리고 있었구나!"

말을 마친 달충이 칼끝을 뻗어 이리저리 겨눴다. 땅거미가 지기 시작한 골목길 곳곳엔 검은 우물 같은 깊은 그늘들이 드리워져 있었다. 그 그늘들 속에 섞여 있던 그림자들이 그로부터 쑥 떨어져 나오더니 차츰 사람 모습을 갖춰 갔다. 자객들이었다.

"병조판서 사람들이냐?"

달충이 나지막이 물었다. 대답이 돌아오지 않았다. 시간을 벌기 위해 달충이 다시 물었다.

"우포청 소속이냐?"

역시 대답은 없었다. 모두 네 명이었다. 그들은 동서남북 네 곳에 자리 잡고 공격 자세를 취했다. 달충의 검술은 뛰어났지만 한 번에 네 방향의 공격을 동시에 막아낼 도리는 없었다. 최소한 한 차례 이상의 칼질을 몸으로 받아내야 했다. 전문 자객을 상대로 그건 죽음을 의미했다.

"한꺼번에 네 명이 칼을 쥔 건 조금 비겁하지 않나?"

달충이 속삭였다. 그는 그런 와중에도 골목길의 생김새와 길이를 두루 살피고 있었다. 공간이 너무 비좁은 탓에 한 명씩 따로 상대할 꾀가 도저히 나지 않았다. 넷을 동시에 그리고 단숨에 벨 방법을 찾아내야 했다. 그때 마치 그의 마음을 읽기라도 한 듯 자객 하나가 입을 열었다.

"우리 넷을 동시에 벨 궁리를 하고 있나? 새처럼 날지 않는 한

불가능하지. 살수 넷을 상대로 이긴 검객은 자고로 없었어."

사실이었다. 홀로 다섯 명 또는 열 명을 상대해 이겼다는 말은 대부분 허풍에 지나지 않았다. 주먹과 칼의 차이는 세기의 차이라기보다 삶과 죽음의 차이였다. 상대의 죽음만을 목표로 하는 칼싸움은 싸우는 자의 본성마저 바꿔놓는 법이기 때문이다. 자신의 죽음을 기꺼이 받아들이기로 결심한 달충은 함께 데리고 떠날 적을 골라야 했다. 그걸 느낀 자객들도 잠시 망설이는 듯했다. 달충이 말했다.

"두 명, 딱 두 명을 데리고 떠나겠다. 그게 내 한계다. 남은 둘이 내 목숨을 거둬라."

칼을 고쳐 쥔 달충의 눈빛이 살기로 번뜩였다. 그때였다. 골목길 저편에서 검은 그림자 하나가 나타나더니 빠른 속도로 달충을 향해 달려왔다. 달충이 이를 악물고 소리쳤다.

"너희 다섯이었나?"

하지만 자객 넷의 태도가 매우 이상했다. 그들은 다가오는 그림자에 당황해 순간 집중력을 잃고 말았다. 다섯 번째 그림자가 자객이 아니라는 뜻이었다. 제대로 사태를 파악할 겨를도 없이 달충은 몸에 밴 습관에 따라 칼을 휘둘렀다. 마지막에 나타난 그림자 검객이 자기편이란 확신은 없었지만, 그게 달충의 마지막 희망임은 너무 자명했다. 그리고 그건 사실이었다.

언뜻 그림자처럼 보였던 낯선 검객의 도움을 받은 달충은 자객 넷의 공격을 거뜬히 막아냈다. 승산이 없음을 깨달은 자객들은 마침내 뒷걸음치더니 어디론가 쏜살같이 사라져 버렸다. 검은 옷에 검은 두건까지 써서 마치 그림자처럼 보였던 검객이 칼을 칼집에 도로 넣고 달충 쪽을 물끄러미 바라봤다. 달충이 물었다.

"당신 누구지?"

검객이 말없이 웃었다. 달충이 다시 물었다.

"자객은 아니고, 자객이 여기 매복한 걸 미리 알 수 있는 자겠지? 그럼 병조판서의 사람이라는 건데, 왜 병판을 배신한 거지?"

검객은 잠시 망설이다 천천히 두건을 벗었다. 두건 속 얼굴을 확인한 달충이 놀란 표정으로 말했다.

"오 종사관?"

두건을 벗은 오 종사관이 기묘한 웃음을 머금고 말했다.

"병조판서의 사람이라. 물론 그렇기도 하지. 하지만 난 좌의정의 사람이기도 해."

"황경욱 대감?"

고개를 천천히 끄덕인 오 종사관이 대답했다.

"좌의정 황경욱 대감! 병조판서도 훌륭한 분이긴 하지만, 뭐랄까, 그 양반 좋아하는 말에 따르자면, 너무 익은 감 같달까?"

"너무 익은 감이라."

"그렇지! 맛있긴 한데, 결국 손이 지저분해져. 난 그런 건 싫네. 그리고 황 대감이 그저 운이 좋아 좌의정이 된 건 아니거든."

"강자량 대감의 적자는 아니었다고 들었네. 병판 대감만의 착각이었나?"

고개를 삐딱하게 꼰 오 종사관이 대답했다.

"적자가 아닌 건 맞아. 하지만 적자가 어디 따로 있나? 자리든 뭐든 먼저 집은 자가 임자 아닌가? 아무튼 오늘 자넬 살린 건 바로 황 대감이야! 뭐 은혜를 갚으라는 건 절대 아냐. 그냥 하려던 걸 빨리 해!"

"하려던 것?"

"순진한 척 하긴! 허봉 형제에게 병조판서의 만행을 고해바치라는 건데, 자기가 할 일을 벌써 잊었나?"

오 종사관은 그 말을 끝으로 뒤돌아서더니 유유히 멀어져 갔다. 홀로 멍하니 서 있던 달충이 마침내 허봉 집 대문 앞으로 다가가 큰소리로 외쳤다.

"이리 오너라! 좌포청 종사관 임달충이 왔다 고하거라!"

허봉 형제를 서재에서 마주한 달충은 그동안의 사정을 자세히 고했다. 심각한 표정을 한 봉이 말했다.

"임 종사관이 고변을 해도 우리에겐 득이 없고, 고변을 하지 않아도 득이 없네. 그저 덜 손해 볼 쪽을 선택할 수 있을 뿐일세."

고개를 끄덕인 달충이 물었다.

"역시 고변하는 수밖에 없겠지요?"

이번엔 허균이 끼어들었다.

"기왕 이리 된 이상 고변하셔야만 합니다. 그래야 종사관님께서 사실 수 있습니다. 병조판서가 잔꾀를 부려 좌의정과 화해라도 하게 된다면, 그땐 누구도 종사관님을 도울 수 없을 겁니다."

봉이 팔짱을 끼며 말했다.

"균이 말이 맞네. 병조판서가 시키는 대로 좌의정을 임금님께 고변한다 해도, 과연 뚜렷한 증좌를 찾거나 만들어낼 수 있을까? 병조판서가 판의금부사를 겸하고 있으니 좌의정 주변 사람들을 고문해 증언이야 얻어낼 수 있겠지. 하지만 장생이란 자를 추포해 자복을 받아내지 못하는 한 다 소용없는 짓일세. 저 신출귀몰하다는 장생이 어디 쉽게 잡혀 주겠는가?"

달충이 나지막이 속삭였다.

"오형필 종사관이 거의 사로잡을 뻔했던 것 같긴 합니다만."

균이 고개를 가로저으며 말했다.

"오 종사관이 혼자 잡을 수 있었다면 좌포청에 도움을 요청했을 리가 없습니다. 자기 힘만으로는 사로잡을 수 없다고 여겼기에 그런 실수를 저지른 걸 겁니다. 장생이 쓰는 환술이 결코 조잡한 눈속임이 아니란 뜻이지요. 오 종사관은 그걸 깨달았기에 병조판서가 좌의정을 꺾지 못할 거라 확신했던 거고요. 그래서 좌의정 쪽에 붙기로 결심했을 겁니다."

봉이 달충에게 물었다.

"균이 말이 맞는가? 병조판서가 장생의 환술을 얕보고 있냐는 말일세."

잠시 생각에 잠겼던 달충이 대답했다.

"제 느낌으론 그런 것 같았습니다. 마음만 먹으면 얼마든 잡아들일 수 있다 여기는 듯했습니다. 반면에 오 종사관은 장생에 대해 어떤 언급도 하지 않았습니다. 얼이 완전히 빠져 있었다고나 할까, 처음엔 술에 취했나 의심이 들 정도였으니까요. 장생을 잡는 건 아예 포기한 채 자기 실수 덮기에만 급급했습니다."

고개를 크게 끄덕인 봉이 말했다.

"병조판서의 이번 계략은 장생을 사로잡았을 때만 성공 가능하네. 설령 사로잡아 좌의정과 엮을 수 있게 된다 해도, 그자가 어디 거기서만 멈추겠는가?"

달충이 놀란 표정으로 물었다.

"거기서 멈추지 않는다면?"

봉이 팔짱을 풀며 속삭였다.

"결국 우리 동인도 함께 엮어 넣지 않겠나? 경쟁자인 좌의정 황경욱과 우리 동인당을 한꺼번에 쳐내려는 걸세. 지금으로선 좌의정보다 병조판서가 더 무서운 자일세."

균이 달충에게 조용히 말했다.

"임 종사관님! 내일 아침 당장 봉 형님과 사헌부에 들러 고변하시고, 임금님께도 상소문을 올리십시오! 병조판서의 의금부가 움직이기 전에 먼저 하셔야 합니다. 일단 그렇게만 하시면, 나머지는 좌의정이 알아서 일사천리로 처리할 게 틀림없습니다."

달충이 고개를 여러 차례 끄덕였다.

다음날 달충의 고변은 신속하게 이뤄졌다. 봉은 사헌부를 동원해 이 사실을 임금에게 즉시 보고했고, 임 종사관의 상소문도 연이어 올라갔다. 조정은 발칵 뒤집어졌다. 보통 때라면 똘똘 뭉쳐 병조판서를 보호했을 서인당은 쥐죽은 듯 침묵했다. 그들 중 어느 누구도 병조판서를 두둔하거나 감싸려 들지 않았다.

마지막에 출연한 건 역시 좌의정 황경욱이었다. 그는 임금을 독대한 자리에서 병조판서의 억울한 처지를 두루 열거하며 죄를 묻지 말아 달라고 간청했다. 물론 그건 악어의 눈물일 뿐이었다. 좌의정이 병조판서의 억울한 처지를 열거하면 열거할수록 그게 오히려 임금의 분노를 부추겼다.

병조판서에게 사약을 내리며 임금은 이렇게 하교했다.

"병조판서에게 판의금부사를 겸하게 한 것은 다른 뜻이 없었다. 나라를 뒤흔들려는 불순한 자들을 빠르게 파악해 잡아들이고, 동시에 도성의 치안을 물샐틈없이 유지하라는 그 염원 하나만으로 과인이 결단한 일이었다. 하지만 병조판서는 잡아들여 마땅한 도적은 놓쳤으며, 자기가 놓친 그 도적을 큰 역적으로 몰아 향후 제 공적을 부풀릴 불쏘시개로 삼으려 했다. 심지어 그는 죄목도 불분명한 도적을 좌의정과 한패로 몰아 무고한 좌의정을 제거하려는 한편, 그 좌의정을 임명한 과인을 업신여기고 능멸하였다. 종묘와 사직을 위해 세상을 감시하라고 했지 과인을 감시하라 명한 바가 없거늘, 이자는 마치 자신이 왕이라도 되는 것처럼 조정의 근간인 대신을 쥐락펴락하려 든 것이다. 과연 조선의 왕은 누구인가? 이자가 대역죄인이 아니라면 그 누가 대역죄인이란 말인가?

성품이 너그러운 좌의정은 죄인의 불충이 지나친 충성심에서 나왔으니 이를 용서함이 좋겠다고 주장하나, 이는 사리가 뒤바뀐 어불성설이며 나라의 큰 화근을 내버려두는 어리석음인 줄을 알아야 한다. 나라의 재상을 함부로 의심함은 그것이 비록 나라를 걱정하는 지나친 의심에서 나왔다 하나, 결국 그 재상을 뽑은 임금을 의심함에 다름 아니다. 물론 나라를 지나치게 걱정했다는 변명도 쉽게 믿기 어려움은 어리석은 백성조차 모르지 않을 것이다.

과인은 이런 점들을 두루 참작하여 죄인에게 사약을 내리노라. 지은 죄를 헤아릴 때 마땅히 열 번을 능지처참해도 모자라지만, 누명을 쓴 좌의정의 간곡한 부탁을 아름다이 여기는 바, 이렇게 조치한 깊은 뜻을 잘 살피기 바라노라."

병조판서는 사약을 마시길 끝까지 거부하다 결국 교살형에 처해졌다. 목을 조르던 형리가 얼마나 힘을 썼는지 마지막엔 목뼈 부러지는 소리가 들렸다는 소문이 퍼지기도 했다. 좌의정 황경욱은 죄인을 처형하는 자리에 나타나 마치 맛난 음식을 음미하듯 모든 장면을 느긋하게 관람했다.

달구와 족제비

운종대로 홍등가 한가운데 자리 잡은 주점 송월정 앞에 앉은 뱅이 하나가 나타났을 때, 그가 한때 한양 저자 노름판을 주름잡던 배오개 장터의 두목 달구임을 알아본 이는 거의 없었다. 유일하게 달구를 알아본 이는 그가 돈을 물 쓰듯 쓰던 시절 애첩처럼 따랐던 송월정 기녀 난희뿐이었다. 그녀는 달구를 알아보자마자 몰래 자기 방으로 들이고는 이렇게 말했다.

"그렇게 다니시다 족제비 부하들한테라도 걸리면 어쩌시려고요? 꼴이 이게 뭐예요?"

좁은 방에서 두 다리를 오므리려 애쓰며 달구가 대답했다.

"족제비 부하들이 아직 도성에 남아있는가배? 그럴 리가 없는데?"

달구가 다리 오므리는 걸 도운 난희가 걱정스런 눈빛으로 말했다.

"족제비는 사라졌지만 그 부하들은 가끔 이 술집에서 모여 놀던 걸요. 지금은 뭐라더라, 어떤 왕 같은 분 밑에서 일한다고 했어요. 제가 다가가면 말들을 뚝 그쳐 아는 건 그게 전부고요."

"왕 같은 분? 누구? 나 말고 그런 놈이 또 있어?"

달구를 향해 눈을 흘긴 난희가 젖은 수건으로 달구 얼굴을 닦아주며 속삭였다.

"왕은 사라져도 다른 왕이 또 생겨난답니다. 그게 이 판의 규칙인 걸 모르세요? 어쨌든 족제비 부하들 눈에 안 띄게 조심하세요. 제가 돕는 것도 여기까지예요."

난희의 손을 다정하게 잡은 달구가 처량한 음성으로 말했다.

"송월정 막내 기녀가 참 많이도 컸구나. 내가 네 신세를 질 줄 어찌 알았겠냐? 아무튼 고맙다."

고개를 숙이고 뭐라 말하려던 난희가 갑자기 울먹이자 달구가 그녀를 가볍게 안으며 위로했다.

"세상사 다 새옹지마다. 내가 이러다가도 세상을 다시 뒤집을 줄 또 누가 아느냐? 노름판에서 마지막에 따는 건 늘 누구였지? 그걸 기억해라. 알간?"

삼남 지방을 떠돌던 장돌뱅이 도달구는 타고난 도박꾼이었다. 달구의 부모는 천안 장터에서 낮에는 국밥집을 운영하고 밤에는 몰래 노름판을 열었다. 달구 부모에게 노름판을 벌이는 건

애초 부업이었지만, 판돈이 점점 커지자 개평 뜯는 재미가 제법 쏠쏠했다. 돈독이 오른 그들은 국밥집을 작파하고 아예 노름판만 전문으로 주선하는 물주로 나섰다. 노름꾼들에게 돈을 빌려줬다 몇 곱절로 이자를 챙기는 건 무척 험한 일이었지만 국밥 파는 힘겨움에 비하면 고생도 아니었다. 달구 부모는 무섭게 돈을 벌어 댔다.

어린 달구는 부모 심부름을 하며 노름 기술을 어깨 너머로 배웠다. 슬슬 도박 맛을 들인 달구는 가끔 판에 끼여 짭짤한 수입을 올리기도 했는데, 그럴 때면 태어나 처음으로 신동이란 소리까지 듣곤 했다. 심지어 끗발 좋은 노름꾼들 사이에선 달구에게 골패를 돌리게 하면 운발이 붙는다는 소문이 퍼질 정도였다.

달구 부모의 전성기는 오래가지 않았다. 충청도를 지나던 암행어사 한 명이 우연히 달구 부모가 벌인 도박판에 끼게 되었다. 장난삼아 투전판에 돈을 걸었다 본전을 몽땅 잃게 된 어사는 공술이라도 달라며 행패를 부리기 시작했고, 달구 부모는 진상 손님을 다루는 자체 지침에 따라 동네 왈짜 몇 명을 불러 해결하려 했다. 왈짜들에게 두들겨 맞은 어사는 치졸하게도 그 자리에서 마패를 꺼내 들고 불호령을 내렸다.

"너희들 다 죽었어! 지금 역졸들이 없어 참는 거지, 내일 다시 와서 모조리 감옥에 처넣고 말 거야!"

겁이 더럭 난 달구 부모는 어사 앞에 머리를 조아리고 용서를 빌었다. 문제는 판돈을 관가에 다 뺏기게 생긴 노름꾼들이었다. 그들은 어사 주변에 하나둘 모여들어 눈을 부라리거나 땅바닥에 침을 뱉으며 위협을 가했다. 그럴수록 철없는 젊은 어사는 더 크게 고래고래 소리를 질러 댔는데, 그게 오히려 사태를 더 악화시켰다. 술에 알딸딸하게 취한 노름꾼 하나가 어사 옆구리를 쿡 찌르며 말했다.

"야! 너 진짜 어사 맞아? 요즘 가짜들이 그렇게 많다던데?"

그 순간 노름꾼들 분위기가 확 바뀌며 사태가 걷잡을 수 없이 험악해졌다. 달구 아빠가 중간에 끼어들며 화해를 시도했지만 한번 무너진 분노의 둑을 어찌해 볼 도리는 없었다. 그날 새파랗게 젊은 어사는 노름꾼들 뭇매에 맞아 죽었다.

불행하게도 죽은 어사는 진짜 어사였고, 고을 사또는 노름꾼들과 왈짜패는 물론이려니와 달구 부모까지 모조리 잡아들여 모진 고문을 가했다. 어사를 팬 노름꾼들을 처형하고 나머지에게는 곤장을 때리는 것으로 마감될 것 같던 사건은 특별히 하는 일 없이 심심해하던 관찰사가 개입하며 반역 사건으로 부풀려졌다. 마침 큰 공을 세우고 싶었던 관찰사는 살인 사건에 연루된 모두를 충주 감영으로 압송해 더욱 혹독한 문초를 가했다. 결국 반역자로 몰린 노름꾼들과 왈짜패 그리고 달구 부모는 감

영 앞 큰길에서 머리가 잘린 채 허무한 죽음을 맞이해야 했다.

효수돼 창끝에 걸린 부모 얼굴을 넋 놓고 바라보던 달구는 분하고도 슬픈 마음이 극에 달해 눈물 한 방울조차 흘리지 못했다. 미어지고 찢어지는 아픔을 달랠 길 없던 그는 처음으로 술에 손을 댔고 술기운을 빌려 나라를 저주했다.

어린 달구를 구한 건 천애 고아 신세가 된 그를 불쌍히 여긴 국밥집 오랜 단골들이었다. 그들은 달구 부모가 남긴 재산 가운데 관가에 압류되지 않은 것들만 은밀히 처분해 멀리 떠나려는 달구 품에 노잣돈으로 넣어줬다. 복실네라 불리던 장터 땔감가게 아낙이 이렇게 말하며 그를 달랬다.

"어차피 사내는 장성하면 독립해야 되는겨! 달구야! 이 돈을 잘 굴리면 굶어죽진 않을 테니, 아무도 믿지 말고 간수 잘해야 된다? 알겠지?"

고개를 크게 끄덕인 달구는 그로부터 십여 년을 삼남을 떠돌며 장돌뱅이로 살았다. 그런 그에게 한양은 늘 부자들만 사는 남의 나라였고, 감히 가 볼 엄두를 내볼 길 없는 환상의 땅이었다. 그 땅을 한번이라도 밟아 보고 죽자고 결심한 그는 홍인문 근처 객점으로 올라와 하는 일 없이 빈둥대고 있었다. 그러던 어느 날, 그는 운명처럼 한 노름판에 끼었고 다 잊은 줄 알았던 옛 기술을 발휘해 판돈을 모조리 따버렸다. 이후 홍인문 도박꾼들 사이에서 도달구의 명성은 하늘을 찌를 기세로 퍼져 나갔다. 그의 노름 인생은 가히 파죽지세였다.

주체할 길 없이 많은 돈이 모이자 달구는 객점 방 하나를 아예 사서 다른 노름꾼들을 불러들였다. 그렇게 모인 노름꾼들 가운데 꼭 족제비처럼 생긴 사내가 그에게 접근하더니 이렇게 말했다.

"경고 하나 해도 될까? 삼남 출신이라며? 지금까진 운이 좋아 버텼는지 몰라도, 계속 돈을 벌려면 도움이 필요해!"

엉뚱한 소리를 지껄인다고 여긴 달구가 무시하고 노름판으로 돌아가려 하자 사내가 음산한 목소리로 다시 말했다.

"이봐! 홍인문은 삵 형님 땅이야. 허락 없이 줄창 이리 군다면, 삵 형님 손에 죽든지 아님 포청 포교들 손에 죽을 텐데?"

상대를 노려보던 달구가 물었다.

"싸움이라면 나도 제법 하거든? 삵인지 뭔지 하는 놈이 포도대장하고 친구라도 되는가배?"

히죽거리며 웃던 상대가 기분 나쁜 쇳소리로 대답했다.

"삵 형님은 배오개 장터의 대가리야. 우리 두령이라고! 여기서 살고 싶으면 배울 건 빨리 배워 둬."

상대를 물끄러미 바라보던 달구는 오랜 동안 몸에 밴 생존 본능에 따라 슬쩍 물었다.

"지금 당장 만나 볼 수 있을까?"

고개를 갸웃한 상대가 놀란 표정으로 되물었다.

"누굴? 삵 형님?"

달구가 고개를 끄덕이자 살짝 다가선 상대가 말했다.

"나 족제비야. 삵 형님 다음 대가리!"

그날 밤 달구는 족제비 손에 이끌려 배오개 장터의 우두머리 삵을 처음 만났다. 비장함과 교활함이 공존하는 이상한 눈빛을 지닌 삵은 의심이 무척 많았고, 또 그만큼이나 욕심도 많았다. 그 후 삵 밑에서 투전꾼으로 일하게 된 달구는 번 돈의 대부분을 조직에 바쳐야 했다. 왈짜가 된 대가라기엔 너무 손해가 컸기에 그는 그게 늘 불만이었다.

세월이 흐르자 달구의 조직 내 위상도 제법 올라갔고, 어느덧 족제비와 자웅을 겨루게까지 되었다. 야심이 컸던 달구는 족제비의 속마음을 떠보고자 술 취한 걸 핑계로 이렇게 슬쩍 말을 건네 보았다.

"이봐 족제비! 우리 둘끼리 하는 말인데, 삵 형님 어떻게 생각하나?"

입을 뾰쪽 내민 족제비가 눈을 가늘게 뜨며 대답했다.

"왜? 뒤집어 보려고? 아예 생각도 하지 마. 숱하게 많은 놈들이 형님한테 도전했다 땅속에 묻혔어. 뭐 나라고 불만 없었겠어? 뼈 빠지게 돈을 갖다 바쳐도 돌아오는 건 쥐꼬리지. 그래도 삵 형님 덕에 어깨 힘주고 사는 거야."

탁주 한 그릇을 단숨에 비운 달구가 한숨을 내쉬고 말했다.

"여태 내가 벌어들인 판돈만 해도 수천 냥은 될 거야. 족제비 너는 사람들 소매 째서 잘 먹고 살았었다며? 그때보다 형편이 나아지긴 했나? 이거 너무한 거 아닌가배?"

싱긋 웃은 족제비가 달구 어깨를 토닥이며 물었다.

"한양 건달 생활 시작한 거로는 내가 한참 먼전데도, 달구 형님을 형님이라고 부르는 이유가 뭔지 아남?"

달구가 고개를 젓자 족제비가 다시 속삭였다.

"투전판 생활도 건달 생활이거든. 그걸로 치면 형님이 내 건달 선배인 거지. 그래서 깍듯이 선배 대접 해 주고 있는 거야. 뭐 나이도 많고! 왈짜 세계에도 지켜야 할 규칙이란 게 있어. 그게 무너지면 우리 밥줄도 끊어져. 알겠어? 삵 형님을 이길 수 없다면, 그냥 규칙을 지키며 사는 거야. 나처럼!"

달구가 족제비의 눈을 바라보며 물었다.

"내가 이긴다면?"

움찔한 족제비가 침을 꼴깍 삼키고 대답했다.

"못 이겨. 삵 형님을 몰라서 그래. 억울한 일이 있으면 그냥 나랑 풀어! 오늘 한 말은 못 들은 거로 할 테니까."

달구는 말없이 고개를 숙였다. 그런 그의 등을 다시 토닥이며 족제비가 말했다.

"나 부모가 누군지도 몰라. 그냥 정신을 차려 보니까 한양 거지 떼 속에 살고 있더라고? 그 이전 기억이 하나도 없어. 장터에서 구걸하며 입에 풀칠했는데, 어느 날 선배 거지들한테 소매치기 기술을 배웠어. 거참 신기한데? 남의 돈이 순식간에 내께 되는 게 아니겠어? 그때부터 신나게 사람들 소매를 째고 살았어. 가끔 포청에 붙들려 매질도 당했지만, 뭐 그럭저럭 살았던 거 같아. 난 자존심 그런 거 없었어. 그런데 머리가 좀 커지니까 장터 왈짜들한테 맞는 게 싫어지더라고! 어떤 놈이 나더러 소매나 째는 꼬맹이라고 놀렸어. 그날 분을 삭일 수가 없어 잠도 못 잤지. 내가 몸은 작고 가늘어도 꼬맹이는 아니었거든! 아침에 일어나자마자 칼을 품고 그 녀석을 찾아 다녔어. 저물녘이었나? 숭례문 근처에서 놈과 맞닥뜨렸는데, 뭐 죽이자고 달려는 들었는데, 그게 몸이 떨려 칼을 제대로 쥘 수도 없는 거였어. 칼을 뺏겼어. 죽기 직전이었지. 눈앞에 살아왔던 날들이 막 지나가는 거야. 그것도 삶이라고 떠오르는 거야. 다 포기하고 눈을 감았는데, 갑자기 주위가 조용해졌어. 눈을 떴지! 녀석이 맥없이 내 앞에 고꾸라져 있더라고! 고개를 들어보니 삵 형님이 씩 웃고 있었어. 그때 삵 형님은 숭례문부터 차례대로 접수하고 있었거든.

칼 든 놈이 약한 놈 공격하는 걸 두고 볼 순 없었다나? 암튼 그 순간 난 삵 형님과 한배를 탄 거야. 결국 배오개까지 차지하고 말았지! 삵 형님을 알고부터 누구도 날 함부로 무시하지 못했어! 삵 형님이 인색하다고? 뭐, 그건 그래! 하지만 형님 보호 때문에 우리가 행세하며 사는 거야. 난 배신 못 해! 아니, 할 수가 없어! 그러니 달구 형님도 앞으론 그런 헛소리 하지 마셔! 다음번엔 가만히 들어주지만은 않을 거야. 명심해!"

그날 이후 달구는 족제비를 자기편으로 만들겠단 희망을 깨끗이 포기했다. 대신 삵의 의붓아들로 역시 만만치 않은 야심가였던 철두를 끌어들였다. 철두를 통해 삵의 생활습관을 꼼꼼히 익혀 둔 달구는 어느 날 배오개 사무소 천정에 숨어들었다. 놀라운 인내력으로 버티며 기회를 노리던 그는 모두가 잠든 후 천정에서 살며시 내려와 삵을 죽였다.

목이 졸리는 와중에도 몸부림치며 살려고 기를 쓰던 삵은 배를 걷어차이고서야 숨이 끊어졌다. 두령을 해치운 달구는 자기 패거리를 끌어들여 사무소를 차지한 뒤 곧바로 족제비를 잡아들였다. 족제비는 거세게 저항했다. 달구는 어쩔 수 없이 족제비를 죽여야만 했는데, 이상하게 그게 몹시 찝찝했다. 그는 족제비를 죽이는 대신 그것에 버금갈 만한 모욕을 주기로 작정했다.

몸이 꽁꽁 묶인 채 배오개 사무소 뜨락에 꿇어앉은 족제비에게 달구는 이렇게 이죽댔다.

"부하들 데리고 꺼져 버려! 어디 조용한 데에서 소매나 째고 살아. 살려 주는 거 고마워할 것 없어. 이 꼬맹이 녀석아!"

사무소에서 풀려난 족제비는 부하들 앞에서 이를 악물며 대성통곡했다. 이후 숭례문으로 옮겨 간 그는 근근이 왈짜 생활을 이어가면서도 단 하루도 복수를 잊은 적이 없었다. 이것이 무륜당이 출현하기 직전 한양 배오개 건달패들 사이에서 벌어졌던 가장 유명한 고사다.

깊은 밤 허균의 집에 낯선 사내가 잠입하자 뜰에 놓아기르던 개가 으르렁거렸다. 개에게 접근한 침입자는 건어물 몇 개를 던져주더니 더 가까이 다가가 익숙하게 목을 쓰다듬었다. 사내 냄새를 맡은 개는 심지어 꼬리를 흔들기까지 했다.

"잘 지냈어? 우리 바둑이?"

바둑이가 자기 품에서 킁킁대며 계속 냄새를 맡자 건어물을 더 꺼내 준 사내가 서서히 몸을 일으키고는 불이 밝혀진 바깥채 서재로 잽싸게 이동했다. 균이 글을 읽고 있는 방 앞에 멈춰선 사내가 새 울음소리를 냈다. 잠시 후 방문이 스르륵 열리며 균이 얼굴을 살짝 내밀었다.

"정말 오랜만이구나. 들어와라."

균이 말을 마치기도 전에 사내는 날쌘 동작으로 방안에 들어섰다.

"이번엔 아예 돌아온 것이냐?"

균이 묻자 사내가 얼굴을 가렸던 검은 헝겊을 풀었다. 족제비였다.

"그럴까 합니다요, 네네! 어차피 강자량 대감 사건은 이제 다 잊혔고, 무엇보다 배오개 장터를 되찾아야 합지요. 안 그렇습니까요? 네네!"

쩍 입맛을 다신 균이 나지막이 속삭였다.

"병조판서가 벌인 역모 사건 덕분에 강 좌상 건은 아예 덮인 것도 같다. 임금께서도 우릴 까맣게 잊으신 것도 같고. 하지만 강자량 부자보다 한술 더 뜨는 황경욱이란 자가 나타났다. 좌의정에 오른 지 얼마 안 돼 당장 큰일을 벌이지는 않겠지만, 결국 서인들이 득세하는 세상이 또 찾아오지 않겠느냐? 세상 돌아가는 일이 어떻게 번질지 알 수 없는 형국이다."

고개를 갸웃한 족제비가 야무진 목소리로 말했다.

"우리에겐 배오개가 있지 않습니까요? 나라에 뇌물 안 통하는 관청이 없고, 돈만 있으면 임금 자리도 살 지경 아닙니까요? 네네!"

얼굴이 굳어진 균이 싸늘한 말투로 말했다.

"함부로 그런 말 하지 마라!"

연신 허리를 굽실대다 족제비가 입을 뗐다.

"잘 알겠습니다요! 허나 돈줄만 확실히 쥐면 아무도 우릴 함부로 건드리진 못할 겁니다요! 아무렴요, 네네!"

정색을 한 균이 이맛살을 찌푸리며 말했다.

"배오개 사정이 녹록치 않다. 장생이란 이름을 들어 봤느냐?"

머리를 긁적이며 입술을 오므렸다 펴기를 반복하던 족제비가 입을 뗐다.

"한양에 몰래 들를 때마다 소문을 모아 왔습니다요. 대체 정체가 뭡니까요?"

한숨을 내쉰 균이 대답했다.

"그걸 알 도리가 없다. 대단한 환술을 지닌 자 같긴 한데, 감쪽같이 숨어 조직을 관리하는 듯하다. 보통내기는 절대 아니다."

"어디서 굴러먹던 놈일깝쇼?"

골똘히 생각에 잠겼던 균이 말했다.

"얼마 전 장안을 떠들썩하게 했던 장 도령과 같은 인물이란 말이 있긴 하다. 봉 형님 말씀에 따르자면, 전주에서 올라온 정여립의 무리라고도 하고."

"정여립이라굽쇼?"

"그런 인물이 있다. 한때 서인이었다가 동인으로 변신한 자다. 지금 호남으로 내려가 대동계라는 조직을 만들어 활동하고 있다고 한다. 좌의정 황경욱이 잔뜩 노리고 있을 거다. 우리 동인으로서도 거리를 둬야 할 골치 아픈 자다."

눈동자를 이리저리 굴리던 족제비가 속삭였다.

"그건 정여립인지 하는 그분 사정이굽쇼. 우린 당장 배오개만 뺏어오면 되는 것 아닌갑쇼? 쉰네에게 다 생각이 있습니다요. 달구와 쉰네를 따르던 무리가 아직 장터에 가득 남아 있고, 게다가!"

"게다가?"

"실은 철두 놈도 제 수중에 있습니다요! 배오개 두령 출신 셋이 힘을 합치면, 적어도 홍인문 바닥에선 무슨 일인들 못하겠습니까요? 네네!"

균의 표정이 여전히 어두워 보이자 족제비가 울력이라도 해주려는 양 덧붙였다.

"홍길동 두령도 있지 않습니까요? 남궁 도사님과 지금 어딜 떠돌고 계신지 모르지만, 한양으로 돌아오시기만 하면 무륜당도 되살아나고, 또 우리에게 큰 방패가 돼주시지 않겠습니까요? 네네."

천천히 고개를 가로저은 균이 대답했다.

"황 대감도 예전 강 대감처럼 엉뚱한 죄로 날 엮으려 할 수 있다. 잠시 봉 형님과 날 이용했지만, 어쨌든 우리는 여전히 눈엣가시일 거다. 겉은 유하지만 측근이던 병조판서를 눈 하나 깜짝 않고 죽인 위인이다. 제 손에 피 한 방울 안 묻히고 없앨 수만 있다면, 상대가 누가 됐든 충분히 그러고도 남을 자다! 경계해야 한다."

힘차게 고개를 끄덕인 족제비가 목소리를 더 낮춰 말했다.

"좌상 대감 문제도 문제지만, 우선 급한 일은 따로 있지 않겠습니까요? 네네."

"급한 일?"

"아까 말씀하신 장생 말입니다요! 그놈을 끌어내려야 배오개를 틀어쥐고, 배오개를 틀어쥐어야 자금이 나오고, 또 자금이 있어야 큰일도 벌일 거 아닙니까요? 네네!"

곰곰이 생각에 잠겼던 균이 입을 열었다.

"녀석이 사대문 안 왈짜패들을 모조리 장악한 거 같긴 하다만. 그게 말이다. 이 녀석은 정말 정체가 불명하다. 장 도령이라 했다가 장생이라 하더니, 이젠 밤의 왕이라 불리고, 심지어 먼 남쪽 유구국 출신이란 소문까지 있다."

무릎걸음으로 균에게 조금 더 다가간 족제비가 속삭였다.

"그렇지 않아도 달구더러 정보를 캐오게 시켜뒀습니다요.

네네."

"달구더러?"

고개를 끄덕이며 족제비가 대답했다.

"그동안 달구와 친해졌다는 거 아닙니까요? 네네! 이제 제 말을 아주 잘 듣습니다요! 그동안 먹을 거 가지고 다퉜는데 남은 인생까지 그럴 필요 있겠습니까요? 아무튼 다리도 못 쓰니 쇤네에게 의지할 밖에요? 네네! 달구가 예전에 사귀던 송월정 막내 기녀 난희라고 있는데, 지금 그 아이 통해 장생 소식을 캐고 있을 겁니다요!"

균이 야릇한 미소를 머금고 물었다.

"달구와 한패 먹기로 한 것이냐?"

"아무렴요! 거기다 동생 하날 더 만들었습죠."

"그게 철두냐?"

어깨를 으쓱한 족제비가 의기양양하게 대답했다.

"바로 그렇습니다요! 녀석이 배오개를 뺏기던 날, 수표교 근처 혜빈원 거리에 큰대자로 쭉 뻗어 있지 않았겠습니까요? 태어나 처음 졌다고 막 울고! 그 큰 덩치가 우니 이놈도 슬픈 마음이 들 정도였습죠. 제가 모시던 삵 형님의 의붓자식인데, 달구에게 붙어 배신했었습죠. 아무튼 얘기가 길긴 한데, 제가 다 용서해 주기로 했습니다요. 네네!"

족제비를 지긋이 바라보던 균이 심각한 표정으로 물었다.

"철두랑 힘을 합해 장생을 칠 계획이냐?"

가볍게 고개를 끄덕이며 족제비가 대답했다.

"그렇습니다요! 두령 도움도 필요합니다요! 도와주십쇼!"

한참 동안 말이 없던 균이 조용히 속삭였다.

"나는 절대 나서지 않을 거다. 크고 작은 옥사가 이어지고 있어 동인들은 당분간 숨도 조심해서 쉬어야 할 형편이다. 대신 무륜당 동지 몇 명에게 부탁해 둘 테니 그들과 함께 해 보거라!"

족제비가 입을 삐죽 내밀며 속삭였다.

"그럼 일단 저희끼리 마음껏 재주를 부려보겠습니다요."

서교 공동묘지 아래 움막에 도착한 소달구지가 멈추자 거적을 뒤집어쓰고 바닥에 누워 있던 달구가 힘겹게 몸을 세우더니 상체를 굽혀 미끄러지듯 땅 위로 내려가려고 했다. 소몰이꾼 옆에 나란히 앉아있던 난희가 서둘러 다가가서 그를 도우며 속삭였다.

"달빛도 없는 밤이라 여기까지 배웅해 드린 거예요. 다음엔 아는 척 하기도 힘들지 몰라요."

움막 옆 나무 밑동에 몸을 기댄 달구가 입을 열었다.

"그래, 아는 척 하지 마라. 그게 서로에게 좋다! 대신 지금 송월정 안주인이 매월이라고 했던가?"

고개를 끄덕이며 난희가 대답했다.

"네. 매월 언니가 송월정 새 행수가 되셨어요."

"장안 저자 소식이란 소식들은 매월이가 다 꿰고 있고?"

다시 고개를 끄덕인 난희가 소몰이꾼 쪽을 힐긋 돌아본 뒤 목소리를 최대한 낮춰 속삭였다.

"매월 언니는 밤의 왕이 누군지 아실 거예요. 하지만 입이 워낙 무거워 누구에게도 발설하진 않으실 것 같아요. 임금님 힘으로도 그렇게는 못하세요. 언니 뒤에는 대궐 높으신 벼슬아치들이 떡 버티고들 있거든요."

희미하게 웃음을 머금은 달구가 난희의 손을 잡고 볼에 비볐다. 슬픈 표정을 지은 난희가 다른 손으로 옷고름을 입에 물고 말했다.

"무슨 수를 써서든 다시 힘을 가지세요. 저 같은 천것은 아무 힘도 보태드릴 수가 없어요. 정말 죄송해요."

눈물이 핑 돈 달구가 힘없이 고개를 끄덕이자 다시 달구지에 오른 난희가 손을 흔들었다. 방향을 튼 달구지는 돈의문 방향으로 천천히 움직이기 시작했다. 그 모습을 오래도록 바라보던 달구가 움막 쪽을 향해 큰 기침을 하자 덩치가 태산 같은 철두가 쓱 목을 내밀었다.

덫

형조참판 조성문이 좌의정 황경욱의 느닷없는 방문을 받은 건 늦은 오후였다. 편복 차림으로 집안에서 쉬고 있던 참판은 서인의 선배인 좌의정을 별채 상석에 앉히고 공손히 머리를 조아렸다. 그런 그를 만류하며 좌의정이 말했다.

"친구처럼 알고 지낸 지 벌써 오래인데, 에이 그럴 것까진 없어요. 그저 편히, 아주 편히 대해 주세요."

참판이 공손한 태도로 말했다.

"무도한 병판 일로 큰 고생하셨습니다. 더 빨리 도와드리지 못해 죄송할 따름입니다."

손사래를 친 좌의정이 서둘러 대꾸했다.

"아니에요! 절대 아니에요! 이번 소란을 수습하는 걸 형조에서, 아니 특히 우리 조 참판께서 주도하셨다 들었어요. 조 참판께 감사 인사를 드려도 백 번은 드려야 할 사람은 바로 이 사람이올시다! 하하!"

머쓱한 웃음을 머금은 참판이 말없이 상대를 바라보고만 있자 좌의정이 헛기침을 두세 번 하고는 은근한 목소리로 입을 뗐다.

"제가 이번 일을 몸소 겪으며 느낀 바가 참 많아요. 아무리 가까운 사람이라도 그 속을 참으로 알 수가 없단 말이에요! 마음속이 천한 자들과 연을 맺으면 끝내 어찌 되는지를 깨달았다고나 할까요? 또 평소 은덕을 입었던 자들이 얼마나 쉬이 이기적으로 돌변하는지도 죄 알아버리고 말았어요!"

참판이 어색한 표정을 지으며 고개를 끄덕이자 좌의정이 말을 이었다.

"우리 서인당이 어려운 처지에 빠졌을 때. 제가 끝까지 이름을 대지 않아 자리를 보전한 자들이 어디 한둘인가요? 제 비록 못났어도 의리는 잘 지켜 왔다고 자부합니다! 헌데 막상 제가 위태로워지자 같은 당이면서도 다들 서로 슬슬 눈치만 보는 게 아니겠어요? 거참! 실망이 이만저만이 아니에요. 아, 물론 우리 조판서처럼 고결한 분도 계시지만 말이지요. 뭐 그리 낯을 붉히세요? 제가 어디 없는 말을 했나요? 어쨌거나 같은 서인끼리 그리 매정하게 굴 줄 미처 몰랐지 뭐예요? 병판 그자에게 붙지 않고 입이라도 꾹 다물어준 걸 감사해야 할 판이에요! 하하!"

참판이 침착한 표정으로 말했다.

"전 그저 제 일을 한 것뿐입니다. 좌상 대감께서 그동안 세우신 공이 적지 않은 데다, 무엇보다 병조판서가 했다는 소행이 괘씸하기 짝이 없었습니다. 판의금부사를 겸직하도록 주선해 주신 분이 좌상 대감이라는 걸 다들 아는데, 어찌 그 자리를 이용해 좌상 대감을 칠 수가 있습니까? 저뿐만이 아니라 형조 관원 모두가 함께 격분했던 이유입니다. 병판의 죽음이 같은 당인으로서 전혀 안타깝지 않은 건 아니나, 일개 부패한 관원 아니겠습니까? 그를 빨리 처벌하는 것으로 이 사건을 마감하는 게 맞다 봤었습니다. 주상께서 진노하시는 바람에 일이 조금 커졌을 뿐입니다. 그리고!"

"그리고?"

"저 아직 참판입니다. 판서라 하시니 이름과 실제가 어긋난 듯합니다."

한참을 뚫어지게 상대를 주시하던 좌의정이 천천히 말했다.

"막 그 얘길 하려던 참이에요. 조 참판께서도 이제 크게 날개를 펴서야 안 되겠어요?"

"무슨 말씀이신지?"

"어허! 다 아시면서 그러세요. 비록 주상께서 윤허하셔야 할 일이긴 하지만, 우리가 어떤 사이던가요? 강자량 대감을 함께 모시며 그 긴 세월, 그 오랜 세월을 우리가 어찌 보내왔냐 그 말이지요! 우린 가족 같은 사이 아니던가요? 아니 그렇습니까? 조 판서! 제가 주상께 잘 여쭈면 판서 자리 하나 못 만들어 낼 것 같으세요?"

참판이 손을 휘저으며 말했다.

"천부당만부당한 말씀이십니다. 저 높은 관직에 큰 욕심 없습니다. 훌륭한 악기 연주소리나 듣고 또 시나 읊조리는 풍류가 제격인 사람입니다."

갑자기 표정이 굳어진 좌의정이 목을 빳빳이 세우며 말했다.

"제 제안을 거절하시는 건가요? 혹시 다른 자들과 똑같이 절 업신여기는 마음을 품고 계세요? 그래서 원로회도 자주 참석치 않으시는 건가요? 정녕 그렇지 않을진대 어찌 그리 야박한 말씀을 한단 말인가요?"

"아닙니다! 그게 아닙니다! 그저 소박하게 살고 싶을 뿐입니다."

"그리 소박하게 살고 싶으시면, 그건 은퇴하고 나서 그리 사시고, 지금만큼은 절 좀 도우세요!"

묘하게 흉포해진 좌의정의 눈동자를 바라본 참판이 멈칫하며 물었다.

"뭘 도와드리면 되는지요?"

고개를 앞으로 길게 빼며 좌의정이 속삭였다.

"지금 도성에 역적 놈들이 설치고 있지 않나요? 죽은 병조판서가 그것 하나는 제대로 봤어요. 우리 조 참판 눈에는 그들이 잘 안 보이세요? 겉은 멀쩡해 보여도 속엔 정여립 같은 흉악한 마음을 품은 동인들이 어디 한둘이겠어요? 아니 그래요? 조 판서!"

침을 꼴깍 삼킨 참판이 기어들어가는 목소리로 다시 물었다.

"그 동인들이 대체 누굽니까?"

좌의정이 단호하게 대답했다.

"우리 서인들을 사사건건 괴롭혀 온 허봉이요! 그 아우 허균도 나이 비록 적다고는 하나 만만치 않게 간특한 녀석이지요. 저번엔 운 좋게도 병판을 없애는 데 도움이 됐지만, 오히려 그렇기에 더 위험한 자들이에요! 병판을 친 칼로 언제 저를 벨지 알 수 없는 노릇 아닌가요? 하하!"

놀란 토끼 눈이 된 참판이 물었다.

"확실한 증좌가 있습니까? 그 집안 맏이인 허성과 전 친한 사이입니다."

"허성은 온순하고 사람이 좋긴 하지요! 나머지 두 놈만 도려내면 되지 않을까요?"

"어떤 증좌가? 증좌가 있어야만."

수염을 쓸어내린 좌의정이 교활한 웃음을 지으며 속삭였다.

"고변할 적당한 인물만 찾으면 되지 않을까요? 듣자하니 배오개를 새로 틀어쥔 자가 장생이라던가? 그자를 잘 설득해 보면 허균 이름도 나올 수 있고, 일이 술술 잘 풀릴 거예요. 균이 그 녀석이 어려서부터 왈짜패들이랑 어울려 다녔다고 들었는데, 어디 한번 그림을 잘 그려 보시지요?"

겁에 질린 참판이 떨리는 목소리로 말했다.

"그림이야 억지로 만들 수 있겠지만. 그러나 대감! 그 장생이란 신출귀몰한 놈을 어찌 잡으며, 또 잡는다한들 그런 자의 말을 또 어찌 믿겠습니까? 거꾸로 이쪽 약점을 쥐고 무슨 해괴한 고변을 할 줄 알고요?"

좌의정이 참판을 똑바로 노려보며 말했다.

"뭐 그런 걸 걱정하세요? 이용만 하고 버리면 되지 않나요?"

"버린다고 하면?"

"새로 나타나는 놈이 죽이지 않을까요? 왈짜패들 세상은 워낙 험하잖아요? 아무튼 우리 손에 피 묻힐 일은 없을 거라 그거지요."

멍한 표정을 짓는 참판을 향해 좌의정이 덧붙였다.

"그리고 내 여기저기 촉수를 뻗어보니, 장생인지 하는 그놈, 한때 장 도령이라 불리던 요술사라고 하던데요? 뭐 아직 확실하진 않지만요. 녀석이 전주성에서 상경한 그저 그런 뜨내기 예인이라면, 더더욱 써먹기 좋지 않나요? 고변을 시키기엔 안성맞춤인 걸요?"

한참을 바닥만 바라보던 참판이 기어들어가는 목소리로 말했다.

"제가 알기론, 장 도령이란 녀석은 이미 죽었습니다."

좌의정이 실눈을 뜨며 속삭였다.

"저도 들어 조금 아는데, 그 녀석 환술을 쓴다던데요? 죽은 걸로 위장했을 수 있지 않나요?"

말없이 참판을 쏘아보던 좌의정이 은근한 목소리로 다시 말했다.

"무엇보다 우리 조 참판께선 예인들과 두루 친하시지 않나요? 틀림없이 무슨 수가 있으실 거예요! 녀석을 물어다 제 앞에 대령만 하세요! 그저 잠깐 이용만 하고 풀어줄 거예요. 그 뒤부턴 아무 신경 안 쓰시도록 궂은일은 제가 다 알아서 할 테니까!"

두 사람이 거기까지 애기하고 있을 때, 밖에서 이를 엿듣고 있던 향실이는 안으로 들이려던 다과상을 그대로 든 채 서둘러 별채를 빠져나갔다.

"철두 패두가 찾아왔다고?"

화려한 복장을 한 송월정 행수 매월이 막 자신에게 귓속말을 한 난희에게 물었다.

"겁이 나서 말씀드리지 않았었는데, 실은 지난번에 달구 패두를 뵌 적도 있었습니다."

난희가 다 죽어가는 표정을 하고 소곤대듯 대답했다.

"그 애길 왜 진즉 안 했니? 둘 다 우리 송월정 단골들 아니었니? 달구가 반병신이 돼 돌아다닌다는 말은 예전 얼핏 들었었다. 철두랑 둘이 원래 한패였잖아? 그건 그렇고, 철두 지금 어느 방에 와 있다고?"

난희가 다시 매월의 귀에 대고 뭐라고 속삭였다. 고개를 끄덕인 매월이 말했다.

"네가 앞장서라! 철두가 큰손이긴 했지만 지금은 더 센 놈한테 두들겨 맞고 길에 나앉았잖아? 무슨 행패를 부릴까 걱정도 좀 되긴 하네. 우선 어여 가자!"

난희를 앞세운 매월이 팔을 크게 휘저으며 성큼성큼 걸음을 옮겼다. 주점 뒤채 작은방 앞에 도착한 둘이 치마를 걷고 방문 안으로 들어서자 철두가 반색을 하며 어서 들어오라는 손짓을 했다.

"매월 누님! 어서 드시오!"

철두 앞에 털썩 앉은 매월이 당당한 태도로 물었다.

"우리 철두 동생, 패두 자리 뺏겼다면서? 요즘 어디서 지내?"

머뭇대던 철두가 머리를 긁적이며 대답했다.

"인생이 오르막이 있으면 내리막도 있습디다. 잠시 쉬는 거요. 두고 보시오! 내 보란 듯이 재기할 테니까."

곁에서 철두를 물끄러미 바라보던 난희가 물었다.

"설마 서교 공동묘지에서 달구 패두랑 함께 사시는 건 아니죠?"

안색이 어둡게 변한 철두가 한숨을 푹푹 쉬더니 대답했다.

"달구 형님과 족제비 형님이 거기가 숨기 딱 좋다길래! 뭐 다른 이유는 없고!"

매월이 놀라는 표정으로 급히 물었다.

"아니, 족제비 동생까지 함께 있어? 안 친하잖아? 달구랑 서로 원수 사이 아냐?"

얼굴이 붉어진 철두가 커다란 손을 휘저으며 대답했다.

"전혀 아니요! 달구 형님이랑 족제비 형님 사이 아주 좋습니다! 뭐 그렇게 됐답디다. 나도 그 속들을 어찌 다 알겠소? 그러다 또 싸울지도 모를 일이고. 암튼 지금은 사이가 좋소!"

눈을 가늘게 뜨고 철두를 노려보던 매월이 어색한 표정으로 물었다.

"돈 필요해서 온 거야? 노름판에 걸어둔 돈은 당장 줄 수 있어! 하지만 그게 전부야. 나 물장사하는 사람이라 의리 뭐 그런 거

일체 없어. 잘 알지?"

고개를 끄덕이며 빙글빙글 웃던 철두가 심각한 표정을 지으며 물었다.

"돈 때문에 찾아온 건 아니고, 뭐 하나만 물읍시다. 이건 꼭 대답을 듣고 가야겠소."

"뭔데? 영업 비밀이라면 못 가르쳐 줘! 고객 명부 그런 거 달라는 거 아니지?"

고개를 천천히 가로저은 철두가 은근한 목소리로 물었다.

"나 때려눕힌 놈들 말이오. 그 우두머리 말인데, 가끔 여기 찾아오나?"

매월은 대답하지 않은 채 철두를 오래도록 바라보기만 했다. 복잡한 계산을 다 끝냈는지 그녀가 마침내 입을 열었다.

"장생 말하는 거지? 딱 한 번 온 적 있어. 근데 나도 얼굴은 못 봤어. 사람들이 장 도령이 바로 장생이라고 수군댔잖아? 하지만 장 도령 맨얼굴 본 사람 하나도 없잖아? 알 게 뭐냐고! 아무튼 장생 그 양반 얼굴을 부채로 가리고 술 마셔. 도대체 얼굴을 볼 수가 없었다고. 됐어?"

실망한 표정의 철두가 애원하는 투로 다시 말했다.

"누님이라면 알아도 안 가르쳐줄 분이시긴 해. 내가 또 누님 그 점을 좋아해. 의리 있으셔! 이 철두는 물장사라고 사람 함부로 보는 그런 놈 절대 아니야. 그래도 뭔가 단서라도 줘 봐. 작은 실마리라도!"

길게 한숨을 내쉰 매월이 옆의 난희를 향해 말했다.

"난희 너 기억나니? 너 한 동안 악기 배우러 다녔잖아?"

깜짝 놀란 표정을 한 난희가 되물었다.

"제가요? 악기를요? 악기를 누구에게 배워요? 장안 최고 연주자들이 여기 송월정에 다 모여 있는데?"

두 눈을 끔뻑끔뻑하며 눈치를 준 매월이 다시 난희에게 말했다.

"까먹었구나? 너 예전에 남산 밑 이한 선생 댁에 줄악기 배우러 다녔잖아? 아닌가? 잘 기억 안 나?"

어색한 표정으로 웃던 난희가 그제야 떠듬거리며 대답했다.

"아, 내가 그랬나? 그랬었나요? 아! 기억이 나는 것도 같네요! 이한 악공께서 가끔 여기 들러 술을 드시긴 했지요. 맞아요!"

매월이 서둘러 말했다.

"그랬잖아? 너 그 댁에서 장 도령이란 자도 멀리서 만났다고 했지 않아? 이한 선생하고 서로 그렇게 친하다며? 둘이 가끔 바둑도 둔다던데?"

"아, 네! 맞아요, 언니! 생각이 났어요! 이한 악공께서 장 도령과 친하다! 바로 그거죠!"

철두 쪽으로 얼굴을 홱 돌린 매월이 퉁명스레 쏘아붙였다.

"아무튼 돈은 한푼도 못 줘! 알아서 해결하시고, 우린 바빠서 나가 볼 테야! 알아들었지, 지금 내가 한 말? 매달 보름날이라고 한 것도 같고!"

철두가 두 손을 합장하며 조용히 고개를 끄덕였다. 벌떡 일어서서 나가려던 매월이 한 마디 덧붙였다.

"아참, 얼마 전에 누가 찾아와 똑같은 걸 묻더라고. 대답 안 할 수 없어 같은 말을 해 줬어. 회현방의 조 참판이 보낸 자라나 뭐라나! 암튼 몸 조심해서. 죽더라도 노름 몇 번은 더하고 죽어야지. 안 그래?"

남산 위로 둥근 보름달이 떠오르자 악공 이한은 평상 위에 주안상을 차려놓고 누군가를 기다렸다. 한참을 명상에 잠긴 사람처럼 우두커니 앉아 있던 이한은 무슨 소리를 들은 듯이 서둘러 안방으로 들어가더니 바둑판을 챙겨 나왔다. 그가 넌지시 속삭였다.

"이미 와 있는 걸 아네! 장 도령, 어서 한 판 두세나."

그의 말이 끝나자마자 정원 한가운데 나무 위에 누군가 소리 없이 나타나더니 나뭇잎처럼 가벼운 몸놀림으로 사뿐히 땅에 내려앉았다. 장 도령이었다.

"이젠 내가 나타난 걸 재깍 잘도 아는군?"

장 도령이 너스레를 떨며 물었다.

"암! 한 달에 한 번 달빛 아래 바둑 두는 맛이 제법이거든."

술잔에 술을 따라 장 도령에게 권하며 이한이 대답했다. 둘은 그렇게 주거니 받거니 술을 마시다 본격적으로 바둑을 두기 시작했다. 장 도령이 물었다.

"내 진짜 정체가 궁금하진 않은가?"

팔짱을 낀 채 바둑판 위를 바라보며 포석을 궁리하던 이한이 대답했다.

"예인끼리 뭐가 더 궁금할까? 노래와 악기로 한 생 살다 가는 건데, 그깟 자네 정체 알아 뭐하려고? 자넨 자네 계절을 사시게. 난 내 인생의 한철을 재밌게 보내고 있다네."

껄껄 웃은 장 도령이 검은 돌을 쥐고 첫 수를 두며 말했다.

"이런 난세에 자네 같은 벗 찾기도 힘들지."

그렇게 둘이 바둑에 몰두해 있을 때, 이한의 집 지붕 위에 숨어 있던 초립둥이들은 쇠뇌를 잔뜩 장전한 채 발사 기회만 엿보고 있었다. 신호를 보내 주기로 한 자는 바로 족제비였다. 아침부터 이한의 집 대청마루 밑에 숨어 상황을 염탐하고 있던 족제비는 천재일우의 기회를 잡은 기쁨으로 온몸을 떨었다. 그는 하루 종일 마루 밑에 숨어서 장 도령이 나타나기만을 하염없이 기다리고 있었다. 매월이가 장 도령과 이한이 만나 바둑을 둔다고 일러 준 그 보름날 밤이었다.

예민한 상대는 아주 작은 낌새라도 느껴지면 곧바로 도망칠 터였다. 족제비는 숨도 조심해서 쉬어야 했다. 매월이 말처럼 상대가 진짜 장 도령이라면 환술을 쓸 틈을 주지 않는 게 무엇보다 중요했다. 족제비는 새 울음소리를 내려 입술을 뾰족하게 오므렸다. 소리가 나는 즉시 쇠뇌가 발사되면 그도 밖으로 뛰어나가기로 약속이 되어 있었다. 족제비가 가늘게 새 울음소리를 냈다. 아무 일도 벌어지지 않았다. 뛰쳐나가러 온몸에 힘을 줬던 족제비는 당황해 다시 바닥에 배를 깔고 누웠다. 이상한 일이었다.

지붕 위의 초립둥이들은 쇠뇌를 발사하기 직전 이한의 집 저 멀리서 다급하게 뛰어오는 누군가를 발견했다. 한눈에 봐도 외곽 경계를 보고 있던 덩치 큰 철두였다. 철두는 빨리 철수하라는 다급한 손짓을 보내며 담장 앞에 허겁지겁 이르렀다. 그 철두 뒤로 소리 없이 다가오고 있었던 건 훈련원 무예별감이 이끄는 정예 궁사들이었다.

초립둥이들과 철두가 황급히 몸을 숨겼을 때, 이를 알 리 없던 족제비는 혼란 속에 빠졌다. 다시 잡기 힘든 기회를 날리기가 아까웠지만, 혼자 감당할 수 있는 일이 아니었다. 족제비는 또 한 번 새소리를 냈다. 역시 아무 반응이 없었다. 밖으로 나가 상황을 파악해야 했다. 그가 마루 밑에서 빠져나오려는 순간, 뜨락 사방에서 화살이 날아드는 소리가 어지럽게 울려 퍼졌다.

장 도령은 사방에서 날아드는 화살이 자기 몸을 겨냥한 게 아님을 즉시 알아챘다. 유난히 굵고 긴 화살들의 꼬리 깃에는 밧줄들이 매여 있었다. 수많은 화살들이 장 도령과 이한 주변 땅에 날아와 박히자 그 밧줄들은 이리저리 서로 엉키며 어느 순간 그 안에 있는 사람을 사로잡는 올가미로 변했다. 두 사람은 이중 삼중으로 얽히고설킨 올가미 속에 갇힌 꼴이 됐다. 장 도령이 막 환술로 함정을 빠져나가려 하자 이한이 그를 꽉 부둥켜안고 놔주지 않았다.

"이한, 자네 설마?"

놀란 장도령이 벗을 보며 중얼댔다. 이한이 미안한 표정으로 속삭였다.

"미안하이! 난 자네 나이도 정체도 전혀 궁금치 않네. 하지만 그걸 너무 궁금해 하시는 분이 계셔. 내 그분과의 오랜 의리가 중하여 이렇게까지 하게 됐네. 정말 오래 망설이다 힘들게 결심했어. 자네 술잔에 최면제를 발라놨으니 곧 졸음이 쏟아질 걸세. 너무 염려는 말게. 조성문이란 분이신데, 아주 좋은 분이셔. 예인들을 진심으로 아끼시는 분일세. 자네와 가볍게 담소나 나누신다니, 날 믿게!"

이한이 옆으로 쓰러지는 장 도령의 몸을 조심스레 받아 평상 위에 곱게 뉘였다. 장 도령이 의식을 잃어가며 말했다.

 "자넨 속은 거야."

 고개를 가로저으며 이한이 말했다.

 "자넬 너무나 만나고 싶어 하셨어. 이렇게라도 해 소원을 들어 드리고 싶었네. 그렇지 않으면 자네가 어디 누굴 만나 줄 사람인가? 한숨 자고 난 뒤 잠시 놀아 드리게! 우리처럼 인기 있는 예인들은 이게 팔자야."

 장 도령이 이한을 노려보다 마침내 두 눈을 감았다. 그 광경을 목도한 족제비는 숨을 틀어막고 마루 아래 더 깊숙한 곳으로 몸을 숨겼다.

조 참판

형조참판 조성문은 남부러울 것 없는 서인 명문가의 막내아들이었다. 치열한 당파 싸움에 뛰어들었던 아버지나 형들과 달리 그는 유유자적 예술에만 빠져 살았다. 정치적 야심이 컸던 같은 당 또래 친구들 사이에선 외톨이 신세였지만, 그는 조금도 개의치 않았다. 호젓한 서재에서 책을 읽거나 거문고를 배우다 보면 어느새 하루해가 저물었고, 그 다음날도 그러리라는 생각이 들면 그는 만족했고 또 안심됐다.

막내아들이 조정에서 영향력 있는 인물이 될 거란 기대를 아예 접은 아버지는 성문을 종종 무시했는데, 때론 그런 아들이 있다는 사실조차 까먹은 것 같았다. 그러면 그럴수록 성문은 온갖 호사스런 풍류를 마음껏 누리며 살 수 있었다.

형들과 달리 방임 속의 자유를 만끽하던 그는 눈치 보지 않고 창루도 쏘다녔다. 성문은 여자를 탐하거나 술을 즐기지는 않았지만, 창루에서 만난 예인들과 사귀고 그들을 후원하는 일만큼은 열성적이었다. 그는 예인들과 노래하고 춤추고 함께 악기를 연주할 때 진정 살아있음을 느꼈다. 예술과 유흥을 좋아하는 이 성정 덕분에 그는 당파를 뛰어넘어 많은 술벗을 만들 수 있었다. 비록 정치판에서는 형들에게조차 따돌림 당하는 천덕꾸러기에 불과했지만, 흥과 끼가 넘쳐흐르는 술판에서는 그가 주인공이었다.

정치에 무관심하며 당파를 초월해 술친구를 만들었던 성문의 느긋한 삶은 같은 서인들에겐 조롱의 대상이 되기 십상이었으나 동인들 입장에선 반갑기 그지없었다. 동인들은 성문을 만나면 반갑게 인사했다. 그의 이런 흐리멍덩한 정치색은 당파 싸움이 극도로 격렬해지자 오히려 귀한 대접을 받았다. 동인과 서인은 서로의 속마음을 떠볼 때 늘 성문을 찾지 않을 수 없게 됐다.

별다른 정치적 수완이 없었던 성문은 반대파인 동인의 큰 반대 없이 무난히 당상관에 올랐고, 그럭저럭 관료로서 괜찮은 경력을 쌓아 갈 수 있었다. 누구의 미움도 사지 않는 특유의 온순함이 무능을 덮은 격이었다. 그리고 아버지가 돌아가시기 직전, 그는 마침내 그토록 잘난 척하던 형들을 따돌리고 서인의 실력자였던 강자량의 총애를 받기에 이르렀다.

어느 날 자량은 성문에게 이런 말을 해 줬다.

"자네가 왜 좋은 줄 아나? 자기 쓸모를 과대평가하지 않기 때문이야. 요즘 신진들은 죄다 야심은 큰데 그걸 다스릴 줄을 몰라. 정치는 말일세! 머리로만 하는 게 아니야. 이런저런 재주 있는 사람들을 옆에 두고 부리는 게 바로 정치거든! 알아듣겠나? 자넨 말이야. 없는 야심만 조금만 보태면 젊은 시절 나를 보는 것만 같단 말이지."

성문은 자량을 진심으로 믿고 따르지는 않았지만, 그렇다고 거리를 두지도 않았다. 그러던 와중에 그는 놀라운 광경을 목격하게 됐다. 자신보다 약간 선배였던 황경욱이 감히 자량에게 대들다 멱살까지 쥐는 일이 벌어졌던 것이다.

서인끼리 기방에 모여 거나하게 취한 밤, 상석에 앉아 후배들에게 차례대로 덕담을 해 주던 자량이 순서가 경욱에 이르자 갑자기 멈칫했다. 이미 한껏 취기가 오른 경욱은 옆자리 동료와 시비가 붙어 얼굴이 벌겋게 달아올라 있었다. 술만 마시면 주사를 부리거나 아무하고나 싸움을 벌이던 경욱은 경솔하고 위험한 인물로 알려져 있었다. 자량이 말했다.

"돌아가신 자네 아버님께서 자네 걱정 참 많이 한 걸 아나?"

여간해선 남의 약점에 대해 입도 뻥긋하지 않던 자량이 그날만은 이상하게 꽤 노여워 보였고 말투도 싸늘하기만 했다. 그 말을 듣자마자 눈이 돌아간 경욱은 자기 술잔을 벽에 집어던졌다. 하필 깨진 술잔 조각 하나가 자량의 뺨을 스치며 미세한 상처를 내자 좌중은 일순간에 침묵에 빠졌다. 소매를 들어 뺨에 흐르는 피를 문질러 닦은 자량이 경욱을 노려보며 말했다.

"돌아가신 아버지와 화해할 기백도 없다면, 그 재주 어디에다 쓰겠나?"

경욱이 고개를 숙이며 긴 탄식을 내뱉자 사람들은 그가 곧 일어나 용서를 구할 거라고 짐작했다. 하지만 그건 경욱을 잘 몰라서 한 오판이었다. 벌떡 일어선 경욱은 상을 타고 넘어가 자량의 멱살을 쥐더니 사정없이 좌우로 흔들어 댔다. 자량 옆에 앉아 있던 기녀가 경욱의 몸을 발로 밀어내지 않았다면 그날 자량은 더 큰 봉변을 당했을 것이다.

경욱을 자량으로부터 간신히 떼어 낸 서인당 젊은 관료들은 바동대는 그를 방밖으로 밀어 냈다. 하지만 인사불성인 경욱은 방문을 부수고 다시 방안으로 들어섰다. 그러자 자량이 벌떡 일어서서 너털웃음을 웃으며 말했다.

"다들 자리를 옮기세! 그리고 이 젊은 주정뱅이는 계속 여기서 마시도록 놔두세나!"

자량은 후배들을 이끌고 술자리를 옮기기 직전 기방 주모에게 다가가 속삭였다.

"저 친구 술값은 내 이름으로 달아두게. 아직 젊어서 그래. 나중에 가마꾼도 좀 불러주고."

사람들이 모두 빠져나간 방안에 홀로 남겨진 경욱은 잠시 눈을 감고 벽에 기대 있었다. 마침내 눈을 뜬 경욱이 혼자 권커니 잣거니 술잔을 기울일 때, 맞은편 구석에 아무 기척 없이 남아있던 또 한 사람이 그의 눈에 들어왔다. 조성문이었다. 놀란 표정을 한 경욱이 물었다.

"자넨 누군가?"

그제야 경욱 옆자리로 다가온 성문이 대답했다.

"조성문이라 하오. 과음하신 게 걱정돼 남았소."

눈을 가늘게 뜬 경욱이 혀 꼬부라진 소리로 다시 물었다.

"속셈이 뭐야? 왜 강자량 대감을 안 따라갔지?"

싱긋 미소를 띤 성문이 대답했다.

"실은 술을 그리 좋아하지 않소. 기왕 이리 된 거 나랑 이집 소리꾼들 노래나 들으시려오?"

갑자기 무릎을 친 경욱이 말했다.

"오호라! 나랑 한번 사귀어 보시겠다? 좋지! 대신 내 비밀도 들어 줘야 해! 듣고 나면 후회하겠지만, 그래도 들어야 해! 알았지?"

그날 밤 경욱은 자신의 머릿속에서 말을 걸어 오는 이상한 스님 얘기를 꺼냈다. 성문은 차음엔 술에 취해 하는 헛소리려니 여겼지만, 들으면 들을수록 그 내용에 조리가 있었다. 단지 술

꾼의 횡설수설이 아니었다. 얘기를 다 마친 경욱이 성문을 노려보며 말했다.

"이 모든 게 사실이야. 그래서 난 죄인이지만 죄인이 아니야! 자, 이제 어쩔 텐가? 나랑 비밀을 나눴으니, 어디 한배를 탈 텐가?"

성문은 자기도 모르게 고개를 끄덕이고 말았다. 성문이 그렇게 했던 건 정치적 계산이 아닌, 그저 자신이 지닌 예술적 천분 때문이었다. 성문 주위엔 낯선 목소리를 듣는다고 주장하는 예인들로 넘쳐났다. 그리고 성문은 그들의 광기와 천재성을 아끼고 보살피는 데에서 보람을 느끼는 사람이었다. 그렇게 그날 밤 둘은 서로 다른 생각으로 친구가 됐다.

자량과 알력을 빚고 제법 세월이 흐른 뒤, 경욱은 어느 순간 갑자기 태도가 바뀌어 전혀 다른 사람으로 변신했다. 술을 마셔도 주사를 부리지 않았고, 예의를 꼼꼼히 지켰으며, 무엇보다 강자량을 극진히 섬겼다. 극단적으로 모났던 성격은 유들유들한 능구렁이처럼 유연해졌다. 이런 경욱의 극적인 변신에 사람들은 놀랐지만 또한 금방 적응했다. 강자량의 멱살을 잡았던 황경욱에 대한 기억은 그렇게 차츰 희미해져 갔다.

사람이 확 바뀐 경욱은 속을 털어놓았던 유일한 벗인 성문에게도 깍듯한 존댓말을 쓰며 극진해 대했는데, 그러기 전 딱 한

번 옛 친구로서 이런 말을 해 줬다.

"내 머리 안에 있던 그 스님이 사라졌어. 이제 내 힘으로 세상을 개척해 내야 해. 그게 스님의 마지막 부탁이었거든. 난 이제 조정 맨 꼭대기에 오를 거야. 날 도와 줘! 아니, 넌 날 꼭 도와 줘야만 해!"

우유부단했던 성문은 그때도 말없이 고개를 끄덕였다.

조 참판이 자신의 집 대문 앞에서 훈련원 무예별감에게 엽전 꾸러미를 내주며 속삭였다.

"오늘 수고가 참 많았네. 군사들과 나눠 쓰게. 요즘 봉급도 제대로 받지 못한다 들었네."

참판에게 넙죽 절을 올린 무예별감이 궁수들을 몰고 멀리 사라졌다. 두 손을 마주 잡고 한참을 안절부절 못하던 참판이 허공을 바라봤다. 무언가를 결심한 듯 크게 숨을 몰아쉰 그가 안채 가운데서도 가장 깊숙한 곳에 자리 잡은 내실 쪽으로 향했다. 참판이 조심스런 걸음걸이로 내실 안에 들어서자 악공 이한이 요 위에 누워 잠든 장 도령을 물끄러미 내려다보고 있었다.

이한이 참판에게 예를 갖추고 말했다.

"어르신! 잠시 담소만 나누고 곧바로 풀어주시겠단 약조, 아무쪼록 꼭 지켜주십시오!"

불안한 눈빛으로 이한을 내려다보던 참판이 천천히 자리에 앉으며 대답했다.

"그래! 그러세! 내 무슨 다른 뜻이 있겠나? 천하의 예인들을 잘 대접하는 게 삶의 보람인 사람일세!"

이한이 장 도령을 말없이 굽어보다 참판에게 물었다.

"무예별감 말씀은 따로 없었지 않습니까?"

난처한 표정이 된 참판이 우물쭈물 답을 못하자 이한이 조심스레 다시 물었다.

"혹시 다른 뜻이 계신 건 아니시지요?"

이한의 눈길을 피하며 참판이 대답했다.

"우선 집으로 돌아가 있게. 나중에 자세히 말해 주겠네."

참판의 안색을 살피던 이한이 장 도령의 손을 쥐며 나지막이 속삭였다.

"제가 곁을 지키다 데리고 나가도 되겠습니까?"

참판이 고개를 가로저으며 대답했다.

"실은, 실은 말일세. 이곳으로 어떤 분이 오고 계셔. 곧 당도하실 걸세. 그분이 장 도령에게 질문을 몇 개 하실 거야. 그러니 자넨 어서 돌아가게!"

참판을 빤히 쏘아보며 이한이 말했다.

"누가 오고 계십니까? 장 도령이 비록 환술은 쓰지만, 그저 떠돌이 예인일 따름입니다."

한숨을 크게 내쉰 참판이 대답했다.

"실은 이 친구가 조정의 의심을 사고 있어. 왈짜패 두목인 장생이라 의심을 사고 있단 말일세! 자넨 세상물정 관심 없겠지만, 요즘 까딱하면 역적으로 몰리는 세상 아닌가? 의금부로 압송 않고 내 집으로 데려온 걸 다행으로 알아야 할 걸세! 그러니 모른 척 하고 빨리 집으로 돌아가게!"

당혹스런 표정이 된 이한이 다급하게 물었다.

"누가 오십니까? 무슨 소문을 들으셨는지 모르지만, 이자는 그저 풍류 넘치는 예인일 뿐입니다. 누명을 쓴 걸 겁니다."

참판이 이한에게 뭐라고 말을 꺼내려는 순간, 갑자기 바깥이 소란스러워졌다. 곧이어 내실 방문 바로 앞까지 다가온 청지기 노인이 소리쳤다.

"좌의정 대감께서 도착하셨습니다. 바로 드시라 할까요?"

당황한 참판이 이한을 향해 급히 말했다.

"그럼 이리 하세. 자넨 저 벽장 속에 숨어 있게! 심문이 다 끝나게 되면 신호할 테니 그때 나오게! 장 도령을 어찌 처분할지는 그때 결정해도 되지 않겠나?"

이한이 멍한 표정으로 고개를 끄덕였다.

악공 이한은 천인 신분으로 태어나 오직 악기 연주로 몸을 일으킨 입지전적 인물이었다. 한양 홍등가 기방에서 기녀들 수발을 들며 어린 시절을 보낸 그는 어느 날 우연히 악사 패거리가 흘리고 간 피리 하나를 손에 넣었다. 이상한 호기심에 이끌려 피리를 불어 본 그는 자신에게 숨겨져 있던 재능을 단숨에 깨달았다. 그는 기방에 연주하러 오는 악사들 앞에서 피리를 불어 실력을 인정받았고, 연이어 장구와 당비파 그리고 해금까지 순식간에 능숙하게 연주할 수 있게 됐다. 그는 가히 음악의 천재였다.

한양 창루에서 해금재비로 명성을 얻어 가던 이한을 장악원 소속 악공으로 추천한 이가 바로 조성문이었다. 송월정에서 이한이 연주하는 해금 소리를 처음으로 감상하던 성문은 감정을 가누지 못하고 연주를 중지시킨 뒤 이렇게 물었다.

"정식으로 배운 솜씨는 분명 아닌데, 네 소리가 내 마음을 홀리는구나. 매월이 말로는 근자에 연주를 시작했다지? 누구에게 배웠느냐?"

고개를 조아린 이한이 대답했다.

"스승 없이 혼자 익혔습니다."

잠시 이한을 바라보던 성문이 허탈한 웃음을 흘리며 다시 물었다.

"천민 출신이냐?"

"그렇습니다. 부모를 잃고 떠돌다 운종가 창루 머슴살이를 했습니다."

"아비 직업은 무엇이었고?"

"이화방 인근에서 고기를 잡는 백정이었습니다."

"아비가 성균관에 고기를 댔구나? 허참! 백정의 핏줄이 어찌 그리 고운 소리를 낼 줄 안단 말인가!"

그날 이후 성문은 이한이 연주한단 소식만 들으면 만사를 제쳐두고 창루를 찾았다. 어느새 둘은 신분을 뛰어넘는 영혼의 동지가 되어 더불어 술 마시고 연주하고 노래했다. 그러던 어느 날, 성문이 은근한 목소리로 말했다.

"한아! 내 아직 벼슬은 높지 않으나 널 장악원에 넣어줄 정도 힘은 있다. 그곳에 들어가 정식으로 음악도 배우고 나라의 악공이 되어 크게 성공해 보지 않겠느냐?"

천한 고아 출신의 이한 인생은 그날을 고비로 크게 바뀌었다. 장악원에 들어간 그는 속악은 물론이려니와 종묘 제례악까지 두루 익혀 마침내 종육품에 오르는 영광을 누리게 됐다. 자신을 알아준 성문 역시 승승장구하여 참판에 오른 날, 이한은 회현방 성문의 집에 찾아가 온 정성을 다해 해금을 연주함으로써 은혜를 갚았다. 그날은 그가 조 참판이 아끼던 계집종 향실이를 자신의 제자로 받아들인 날이기도 했다.

향실은 밤마다 잠을 이루지 못하고 새벽까지 신경이 곤두서 있었다. 조 참판과 좌의정이 나누는 밀담을 엿들었기 때문이었다. 그날 이후 그녀는 매일 밤 이런저런 궁리를 하며 잠을 설치기 일쑤였다. 마음 같아선 당장 한수를 만나고도 싶었지만, 자신을 감시하는 자들을 따돌릴 자신이 없었다. 그녀는 한수를 위험에 빠뜨리고 싶지 않았다.

깊은 밤, 귀가 유난히 밝은 향실은 대문 쪽에서 들려오는 사람들 발자국 소리에 눈을 번쩍 떴다. 방을 나서서 담장을 따라 대문 가까이 다가간 그녀의 눈에 조 참판과 무관 한 명이 눈에 들어왔다. 귀를 쫑긋 세워 듣자하니 무관은 훈련원 무예별감이었다. 훈련원 무예별감이 야금까지 어겨가며 깊은 밤 참판 집을 찾았다는 건 예삿일이 아니었다.

긴장의 끈을 놓지 않은 향실은 웅성거리는 소리가 들려오는 안채 쪽으로 살그머니 걸음을 옮겼다. 그녀 눈에 놀라운 광경이 펼쳐졌다. 훈련원 무관들에 의해 내실로 실려 가고 있는 사람은 한눈에 봐도 장 도령이었다. 향실은 너무 놀라 스스로 입을 막은 채 뜨락 구석에 몸을 숨겼다.

무관들이 사라지고 나서 잠시 후 대문 쪽에서 돌아온 참판이 혼자 내실로 들어섰다. 그런데 내실 안에는 누군가 한 명이 더 있었다. 그 사람이 참판과 무슨 말인가를 계속 나누기 시작했다. 고양이 걸음으로 내실 방문 바로 앞까지 다가간 향실이 귀를 기울였다. 놀랍게도 이한 스승의 목소리가 들려왔다.

 두 사람이 나누는 얘기를 모두 엿들은 향실은 믿었던 사람들에게 배신당했다는 생각에 한편으론 분하고 다른 한편으론 슬펐다. 조 참판은 순진했지만 겁이 많았고, 이한 스승은 세상 물정을 너무 몰랐다. 주먹을 움켜쥔 채 숨을 고른 향실은 잽싸게 몸을 움직여 자기 방으로 돌아왔다. 그녀가 어떻게 장 도령을 구해 낼까 머리를 쥐어짜고 있을 때, 대문께에서 또 다시 사람들 말소리가 들려왔다.

 급히 대문 쪽으로 다시 다가가던 향실은 큰 가마 하나가 중문 앞에 멈춰 서는 모습을 마주했다. 몸집이 뚱뚱한 관료 한명이 뒤뚱대며 가마 밖으로 나와 가마꾼들에게 엽전 몇 닢을 쥐어 줬다. 그는 어깨를 한 차례 부르르 떨더니 뒷짐을 지고 헛기침을 여러 번 했다. 그러자 늙은 청지기 할아범이 나타나 연신 몸을 굽실대며 그 관료를 안채 내실로 안내했다. 향실은 청지기 할아범이 그를 '좌의정 대감'이라 부르는 걸 똑똑히 엿들었다.

 가마에서 내린 좌의정 황경욱은 참판 집 중문 앞에 우뚝 섰다.

그의 당당한 태도에는 누군가 자신을 알아볼까 저어하는 기색이 전혀 없었다. 좌의정이 헛기침을 연발하자 나이 든 청지기가 급히 다가와 그를 안채 쪽으로 이끌었다.

"좌의정 대감마님! 저기 내실로 뫼시겠습니다."

청지기가 내실을 향해 종종걸음을 하며 말했다. 마침내 내실에 이른 청지기가 좌의정이 왔음을 고하자 참판이 서둘러 밖으로 나와 깍듯이 예를 갖췄다. 크게 고개를 끄덕인 좌의정이 내실 안으로 들어서더니 장 도령 옆에 털썩 주저앉았다. 미묘한 웃음이 그의 얼굴에 잠시 일렁였다.

"이리 요란스레 오시면 어떡합니까? 훈련원 병력을 임금님 허락 없이 동원한 게 영 께름칙합니다. 뒷문으로 살짝 오셔도 됐을 것을."

걱정 가득한 표정으로 참판이 말했다.

"허참! 내가 왜 조심해야 되나요? 무슨 잘못을 했나요? 뭐, 했다 해도 참판께서 하신 것이겠지요? 하하!"

큰 소리로 말한 좌의정이 참판의 두 눈을 똑바로 노려봤다. 참판이 상대가 한 말의 의미를 파악하지 못해 전전긍긍하며 물었다.

"대체 그게 무슨 말씀이신지?"

눈을 희번덕 치켜뜬 좌의정이 속삭였다.

"이 모든 짓을 제가 저질렀나요? 다 참판께서 한 짓 아닌가요? 전 훈련원 별감 이름조차 제대로 몰라요! 그저 그런 수가 있다고 귀띔해 봤을 뿐인데, 그걸 진짜 하실 줄 어찌 알았겠어요? 하하!"

좌의정의 얼굴을 한참 동안 바라보던 참판이 입술을 떨며 물었다.

"장 도령 이 친구를 잡아 장생인지 확인하신 뒤 고변을 시키겠다 하시지 않았습니까?"

크게 헛기침을 한 좌의정이 느긋하게 대답했다.

"고변이라니요? 그 무슨 해괴한 소리지요? 이런 자가 어디 고변을 하라다고 순순히 할까요? 설령 고변을 했다 쳐요! 그 고변을 증명해야 할 텐데, 그건 또 누가 하지요?"

참판이 몸까지 벌벌 떨며 말했다.

"이자와 동인들을 엮겠다고 분명 말씀하셨는데, 다 잊으셨습니까? 제게 궂은일은 시키지 않겠다고도 하셨습니다."

좌의정이 갑자기 목소리를 높여 가며 대답했다.

"전 그런 말 한 적이 없습니다! 잘 생각해 보세요! 시끄럽게 고변 사건을 벌이는 건 죽은 병조판서처럼 하수들이나 하는 짓이에요! 아시겠어요? 죽은 자로부터 교훈을 얻어야 하지 않나요? 누군가를 없애고 싶다면 절대 시끄럽게 굴어선 안 돼요!"

씩씩대던 좌의정이 잠시 호흡을 고른 뒤 다시 입을 열었다.

"참판! 주상 전하도 모르게 한양 관군을 발동한 게 무슨 죄인 줄은 잘 아시지요? 역모죄에요! 역모죄!"

참판은 사색이 되어 몸 둘 바를 몰라 했다. 그는 거의 기절하기 직전처럼 보였다. 그 모습을 재미있다는 듯이 바라보던 좌의정이 이번엔 나긋나긋한 음성으로 속삭였다.

"안심하세요! 제가 입 다물면 아무 일 없어요! 그저 일처리나 깔끔하게 마무리지어 달라는 뜻이에요!"

모든 걸 체념한 사람처럼 기가 꺾인 참판이 물었다.

"제가 어떻게 마무리를 지어야 하는지요?"

자기 무릎을 슬슬 어루만지며 좌의정이 대답했다.

"이 녀석을 계속 재우세요! 최면제를 먹여서 쭉 자도록 만드시라고요. 난 이자가 바로 장생이라고 확신하고 있어요. 뭐 시간이 해결해 줄 일이에요. 이자가 장생인데 여기 계속 잠들어 있다면, 배오개에서 무슨 움직임이 벌어지지 않을까요? 그걸 기다리면 돼요! 장생인지 아닌지 귀찮게 직접 물을 필요가 없는 거란 말이에요. 알아들으시겠어요?"

참판이 울상이 되어 흐느끼듯 물었다.

"고변이든 뭐든 일을 시키신 뒤 풀어주시는 게 아니었습니까?"

혀를 끌끌 찬 좌의정이 신경질적으로 대답했다.

"시와 음악은 그리 잘 하시면서, 사람이 왜 그 모양인가요? 고변은 일없다고 아까 말했지 않나요? 그냥 이놈을 여기 묶어 두세요! 깨어나면 환술을 써 귀신처럼 사라질 텐데, 고변은 무슨 고변! 환술을 아예 못 쓰게 재우란 말이에요! 결국 굶어죽든 말라죽든 하겠지요? 만약 이놈이 진짜 장생이라면 머잖아 배오개에 힘의 진공이 생길 테고, 허균 일당이 어떤 식으로건 다시 나타나게 돼 있어요! 난 그걸 노리고 있단 말이에요!"

참판을 물끄러미 바라보던 좌의정이 나지막이 덧붙였다.

"이놈은 그냥 미끼예요."

여전히 자신을 멍하니 바라보는 참판을 향해 좌의정이 또 입을 뗐다.

"참판께선 큰 공을 세우신 거예요. 조만간 판서에도 오르시고 말이지요."

말을 마친 좌의정은 방문 밖에 대기하고 있던 청지기를 불러 주안상을 차려 내라 명했다.

추격전

뜬눈으로 밤을 새운 향실은 이화방 소리꾼 집에 간다는 핑계를 대고 이른 아침 대문을 나섰다. 그녀가 회현방에서 명례방으로 넘어갈 즈음, 큰 가마 여러 대가 빠른 속도로 옆을 스쳐 지나갔다. 별일 아니었지만 그녀는 멀어지는 가마들을 주시하다가 이번엔 지나가는 사람들을 힐끔거리며 둘러봤다. 향실은 주변 모든 게 신경 쓰였고 불안했다.

운종가로 접어든 향실은 일부러 이 골목 저 골목을 빙빙 돌며 혹시 따라붙은 자가 있는지 끝없이 살폈다. 적어도 그녀 뒤를 따라오는 사람은 없어 보였다. 크게 숨을 들이켠 향실은 정말 급할 때만 찾으라고 한수가 신신당부한 곳을 향했다. 포목점으로 위장한 장 도령 조직의 가장 끄트머리 접선 장소였다.

향실이 포목점으로 조심스레 들어설 때, 그 모습을 멀리서 바라보는 자가 있었다. 우포청 오 종사관이 심은 기찰포교 떡배였다. 오 종사관은 장 도령과 향실 사이의 분명한 연결 고리를 발견하진 못했지만, 그렇다고 연관이 없다고는 절대 볼 수 없었다. 조 참판 집 맞은편 기찰포교들의 은신처에 한수와 장 도령이 나타났다는 건 그들과 향실 간에 꾸준한 관계가 없이는 불가능한 일이었다. 게다가 한수를 부리는 자가 장 도령이라면 그가 바로 장생이었다.

오 종사관은 떡배를 은밀히 향실 옆에 심으며 이렇게 말했다.

"장 도령이 장생이다! 그리고 그놈 옆에 한수란 놈이 있고, 한수란 놈 옆에 향실이가 있다. 내 비록 지난번엔 환술에 속았지만, 이번엔 결단코 이 연놈들을 추포하고 말 것이다. 좌의정께선 나보고 이 일에서 손을 떼라 하시지만, 이게 어디 그럴 일이냐? 거의 다 된 사건이 아니냐?"

떡배가 조용히 물었다.

"장 도령이 장생이란 걸 좌의정 대감께서도 이미 아신다 하시지 않았습니까?"

"물론이다! 내 자세히 보고를 드렸었는데, 그게 참! 따로 부르기 전까지 아무 일도 하지 말라고 하시는 게 아니냐? 대감의 속셈을 도통 모르겠다! 뭔 재주를 부리시는지 알 순 없지만, 우린 우리대로 계속 할일은 해야 한다. 향실이가 실마리다. 그년을 조용히 감시해라. 우리 우포청에서 장생을 잡아들이게 되면, 그땐 좌의정 대감도 뭐라 못하실 게다!"

떡배가 다시 물었다.

"좌의정께서도 향실이를 아십니까?"

"모르신다! 나보고 그저 임달충이나 잘 감시하라 하시는데, 그게 어디 될 말이냐? 우포청이 왜 좌포청이나 감시하고 있어야 된단 말이냐? 그리고 임달충이 녀석이 어디 바보냐? 병조판서 사건이 바로 얼마 전 일인데, 허봉 형제랑 몰려다니며 대놓고 일을 꾸미겠냐는 그 말이다! 이는 필시 이번 건에서 날 따돌리시려는 게 분명하다. 그럴 순 없다."

떡배는 그날 아침도 별 기대 없이 참판 집 근처를 어슬렁대고 있었다. 좌의정은 우포청을 무시한 채 따로 움직이고 있는 듯했고, 그렇다면 오 종사관은 좌의정 눈 밖에 난 게 분명했다. 적어도 오 종사관은 좌의정이 믿는 자가 아니었다. 줄을 잘못 섰다고 느낀 떡배는 자기 일에 별 의욕이 없었다.

향실이 문밖으로 나왔을 때도 평소처럼 장을 보거나 소리 배우러 나간다고 여긴 떡배는 그냥 무시하고 싶은 마음이 굴뚝같았다. 하지만 향실의 태도가 조금 수상했다. 우포청으로 돌아가려던 발길을 돌려 향실 뒤를 쫓은 건 그의 오래된 기찰 본능 때문이었다. 향실이 운종가를 목적 없이 이리저리 배화하자 어렴풋했던 그의 의심은 확증으로 굳어졌다.

포목점 안으로 들어간 향실은 오래도록 나오지 않았다. 그녀 대신 포목점 주인이 밖으로 나오더니 잽싸게 어디론가 사라졌다. 떡배는 그를 따라갈까 망설였지만 골목길 한 구석에 몸을 숨기고 끈질기게 버텨 보기로 결심했다. 그렇게 한 식경 이상 잠복해 있을 동안 그는 자기 자신도 누군가에게 뒤를 밟혔다고는 꿈에도 생각하지 못했다. 이한의 집에서부터 무예별감을 뒤쫓아 와 조 참판 집 지붕 위에서 밤을 새운 족제비였다.

향실을 추적하는 떡배를 발견한 족제비는 상대가 비록 상민 복장을 하고 있으나 노련한 무관임을 바로 알아챘다. 내막을 알 순 없지만 조 참판 댁 계집종은 장 도령 쪽 사람임에 틀림없었다. 향실이 포목점으로 들어선 뒤부터 족제비는 조바심에 안달이 나 있었다. 장 도령의 배오개 조직을 도와야 할지, 아니면 포청이 그들을 일망타진하도록 놔둬야 할지 판단이 서지 않았다. 그는 철두가 몸을 숨기고 있을 숭례문 근처 산채를 향해 냅다 내달렸다.

민첩하게 포목점 안으로 들어선 한수는 향실을 발견하고는 안쪽 밀실로 가자고 손짓을 했다. 밀실 안으로 들어서자 포목들 대신 한양도성 전체 지도와 수비병력 배치도 그리고 경비병 교대 시각이 적힌 문서들이 벽에 잔뜩 걸려 있었다. 그것들을 넋

놓고 바라보던 향실이 혼잣말처럼 중얼거렸다.

"진짜였어! 새 세상을 만든다는 말이. 정말 놀라워! 우리 같은 상것들도 양반들과 똑같이 대접받는 세상이 진짜 온단 얘기지? 그치?"

고개를 끄덕인 한수가 바싹 다가앉으며 물었다.

"장 도령께서 참판 집에 계시다는 말이 무슨 말이야?"

눈을 동그랗게 뜬 향실이 대답했다.

"먼저 할 말이 있어. 내가 한참 전 엿들었던 게 있어. 네가 요즘 날 찾지 않으니 해줄 수가 없었어."

"장 도령님과 관계된 거야?"

"응! 우리 주인님께서 장 도령님을 해코지하는 일에 얽혀 들어가신 것 같아. 본심은 순수하신 분인데, 마음이 너무 약해서. 이를 어쩌지? 장 도령님을 빨리 구해드려야 해!"

향실이 자초지종을 설명하자 한수의 얼굴빛이 점점 어두워졌다. 골똘히 생각에 잠겼던 한수가 마침내 입을 열었다.

"악공 이한을 조심하시라 그렇게 말씀드렸었는데! 최면제가 진 생각하지 못하셨나 보다."

향실이 걱정스런 표정으로 물었다.

"이제 어떡해야 해?"

눈빛이 사나운 개처럼 변한 한수가 되물었다.

"참판 집에 보초 서는 병사들은 없다고 했지?"

"응! 좌의정 혼자 찾아와서 술만 마셨어."

"함정일 거야."

"그럼 구해드릴 수 없어?"

고개를 저은 한수가 낮은 목소리로 대답했다.

"함정이든 아니든 상관없어. 다 깨부수고 모시고 나올 가야!"

포목점 밖에서 한수와 향실이 함께 나오기를 기다리던 떡배는 조금씩 지쳐 갔다. 그는 마침내 포목점 안으로 진입하기로 마음먹었다. 비록 혼자였지만 무예 실력으로는 누구에게도 지지 않을 자신이 있었다. 상점 문을 열어젖힌 그는 포목점 주인을 단숨에 제압했다. 저만치 나가떨어진 주인을 발로 누르고 주변을 살핀 떡배는 밀실 위치를 금방 파악했다.

밀실 앞으로 살며시 다가간 떡배가 문을 밀려는 순간, 그의 등 뒤에서 인기척이 느껴졌다. 그가 뒤돌아보니 첫눈에 봐도 다부져 보이는 젊은이들이 천천히 다가오고 있었다. 포목점 주인과 달리 그들은 서둘러 달려들지 않았다. 그 중 한명이 차분하게 말했다.

"기찰하는 놈이구나? 오늘 여기서 못 나간다."

싱긋 웃은 떡배가 젊은이들의 걸음걸이를 눈여겨 본 뒤 조용히 속삭였다.

"너희들 관군이었구나? 어쩌다 이 지경에까지 이른 것이냐? 전주에서 왔느냐?"

말없이 자세를 취하며 공격 대오를 갖춘 젊은이들이 떡배 앞으로 성큼 다가섰다. 한 명 한 명이 잘 훈련된 정예군들이었다. 떡배는 상대 숫자가 얼마든 이길 자신은 있었지만 공간이 문제였다. 포목점 안이 너무 좁았다. 망설이던 그가 상대의 주의를 흐트러뜨리고 실력도 알아볼 겸 포목 한 묶음을 집어 던졌다. 젊은이 한 명이 가볍게 발로 받아쳐 냈다. 생각보다 동작이 매우 빨랐다. 좁은 공간에선 승산이 없었다.

바닥을 몇 번 굴러 포목점 밖으로 튕기듯 나온 떡배가 골목길을 요리조리 이동하며 젊은이들을 상대했다. 젊은이들은 힘은 강했지만 누군가와 긴 시간 싸워 본 경험은 적어 보였다. 단숨에 상대를 제압하기만 해서인지 힘을 안배할 줄을 몰랐다. 시간이 흐르자 젊은이들은 지쳐 갔고 서로 협력하는 속도도 느슨해졌다. 이를 간파하고 무리를 하나씩 떼어낸 떡배는 차례로 젊은이들을 쓰러뜨렸다.

마지막 상대를 메다꽂은 떡배가 급히 포목점 쪽을 돌아봤을 때, 밀실 안 문서들을 챙긴 보따리를 등에 맨 한수가 몸을 잔뜩 숙이고 문 밖으로 달려 나왔다. 그 뒤를 향실이 허겁지겁 뒤따랐다. 둘은 뒤도 돌아보지 않고 홍인문 방향으로 줄행랑을 놓았다. 떡배는 전속력으로 그들을 뒤쫓기 시작했다.

종묘 건너편을 지날 즈음, 앞서 달리던 한수가 뒤처진 향실을 확인하려 몸을 돌렸다. 그게 그의 속도를 늦췄고 어쩔 수 없이 뒤쫓던 떡배와 너무 가까워지고 말았다.

"그냥 가! 뛰어!"

향실이 뒤따라 달려오며 외쳤다. 그녀의 눈동자를 바라보며 한수가 대답했다.

"안 가! 우린 한 명이 전부고, 전부가 한 명이야!"

떡배가 숨을 헐떡이며 그들에게 소리쳤다.

"우포청이 코앞이다. 너희 더 이상 갈 데도 없다. 포기하고 오라를 받아라!"

한수가 향실을 자기 등 뒤로 밀며 몇 걸음 앞으로 나섰다.

"그럼 승부를 빨리 내야겠네? 그치?"

코웃음을 친 떡배가 거침없이 한수 정면으로 달려들었다. 한수는 상대 속도에 똑같이 맞추며 뒤로 물러섰다. 감정이 섞이지 않은 간결한 동작이었다. 고개를 갸웃한 떡배가 속삭였다.

"넌 관군이 아니구나? 이상한 초식을 쓰는 걸 보니."

힘차게 기합을 내지른 한수가 공중으로 몸을 날렸다. 발차기 공격이라 여긴 떡배가 두 손을 모아 상체를 막으려 했다. 하지만 화살처럼 꼿꼿이 날아오른 한수의 몸은 머리를 앞으로 해 포교 머리 위로 수직으로 떨어졌다. 떡배는 박치기 일격을 당하고 자기도 모르게 주저앉았다. 몸을 일으키려 안간힘썼지만 뒤이어 찾아온 어지러움 탓에 그는 제대로 일어설 수 없었다.

빙글 돌아 땅에 착지한 한수가 향실을 돌아보며 소리쳤다.

"어서 뛰어!"

그런데 향실의 표정이 이상했다. 한수 뒤를 바라보는 그녀는 겁에 질린 것처럼 보였다. 한수가 고개를 돌리자 철두가 서 있었다. 철두 뒤 저만치 군중 속에 섞여 있던 족제비가 외쳤다.

"철두야! 그냥 둬! 참아!"

하지만 화를 주체하지 못한 철두는 앞뒤 가릴 정신이 아니었다. 그는 복수심에 불타 한수를 향해 주먹을 휘둘렀다. 가까스로 철두의 주먹을 피한 한수는 멀리서 달려오고 있는 우포청 포졸들을 발견했다. 마지막으로 향실의 눈을 한 번 더 바라본 그는 군중 속으로 파고들더니 연기처럼 사라져 버렸다.

씩씩대는 철두 옆으로 족제비가 빠르게 다가왔다. 둘은 향실을 물끄러미 바라보더니 역시 인파 사이를 헤집고 자취를 감췄다. 어디론가 뛰어 보려던 향실은 자신을 향해 비틀대며 다가오는 떡배를 바라보고 절망에 빠진 표정이 됐다. 그녀는 몇 걸음 뒤로 물러나려다 포기한 채 천천히 두 손을 가슴에 모았다.

"결국 이렇게 다시 만나는구나. 너 장 도령의 끄나풀이 맞느냐?"

오 종사관이 양손에 수갑을 차고 고문용 의자에 묶여있는 향실을 향해 물었다.

"금시초문입니다."

백짓장처럼 핏기 없는 얼굴의 향실이 대답했다. 그녀의 시선은 오 종사관을 향하고 있지 않았다. 승냥이처럼 포악해 보이는 형리가 오 종사관 뒤에 버티고 서 있었다. 오 종사관이 다시 물었다.

"함께 도망쳤다는 녀석이 한수냐?"

입술을 꽉 깨문 향실이 한참 망설이다 고개만 끄덕였다.

"그렇다면 장 도령 패거리가 한양 한가운데 버젓이 설치고 있다는 게 아니냐? 너도 그 부하 중 하나고?"

두 눈을 질끈 감은 향실이 고개를 가로젓자 그녀에게 다가간 오 종사관이 부드러운 목소리로 속삭였다.

"장 도령이 짐생이란 걸 이미 알고 있다. 증거가 없을 뿐이다. 네가 우선 그것만이라도 불면 옥사로 돌려보내 쉬게 해 주마. 어차피 일망타진될 놈들이다. 미련 갖지 말고 살 길을 찾아라."

힘들게 숨을 쉬던 향실이 마침내 울음을 쏟으며 말했다.

"장 도령님 돌아가시는 모습을 직접 보시지 않았습니까?"

몸을 굽혀 향실 얼굴에 자기 얼굴을 가까이 댄 오 종사관이 대답했다.

"그땐 구더기를 봤었지. 환술을 쓴 게 아니냐?"

고개를 푹 숙인 향실이 말했다.

"한수가 무슨 일 하는지는 몰라요. 그저 동무처럼 반가워 가끔 만났을 뿐입니다. 장 도령님께서 살아 계시는지 혹시 몰라 물어보긴 했지만, 전혀 모른다고 했어요. 조 참판님께 소녀가 여기 있다 연통만이라도 넣어 주세요. 제발 부탁입니다."

묵끄러미 향실을 내려다보던 오 종사관이 가엾다는 표정으로 속삭였다.

"어리석구나. 네 주인은 진즉 널 버렸다."

"무슨 말씀이십니까?"

"널 추포하자마자 참판께 이미 알려 드렸다. 자신과 무관한 계집종이니 알아서 처분하라고 하시던데?"

"그럴 리 없습니다!"

"그럴 리가 왜 없지? 네가 참판 딸이라도 되느냐? 네년과 한수 놈 얘길 드렸더니 펄쩍 뛰시며 노하셨다. 벌써 두 번째가 아니냐? 널 구해줄 사람은 아무도 없다."

향실의 머릿속은 점점 아득해졌다. 참판이 자신을 버렸다면 살아서 포청 밖으로 나가기란 불가능했다. 좌의정과 참판이 장 도령을 붙잡고 있다고 고한다 해도 종사관이 자신을 풀어줄 리는 만무했다. 다 쓸데없는 헛짓일 뿐, 그녀는 이미 죽은 목숨이었다. 실낱같은 희망은 오직 한수뿐이었다.

오 종사관이 뒷짐을 지고 한동안 좌우로 어슬렁대며 생각에 잠겼다. 마침내 그가 형리를 내보낸 뒤 말했다.

"난 네게 자비를 베풀겠다. 참판 뜻과는 달리, 당장 널 고문하다 죽이지는 않겠다는 뜻이다. 그 대신 말이다. 널 미끼로 써먹어야겠다. 네년을 구하려고 누군가 나타날 게 아니냐?"

겁에 질린 향실은 두 눈을 질끈 감고 한수의 얼굴을 떠올렸다. 그가 장 도령을 구출하고 자기까지 구하러 올 확률은 거의 없었다. 그럴 바엔 차라리 고문당하다 죽는 게 낫겠다 싶었다. 향실이 가는 목소리로 말했다.

"소녀, 장 도령의 첩자가 맞아요."

"그래? 그래서?"

"제발 고통 없이 죽여 주세요! 그게 소원입니다."

재회

족제비의 보고를 받은 균은 방문을 열고 달을 바라봤다. 그가 가늘게 한숨을 뱉고 속삭였다.

"괜한 일을 벌인 것 같다."

숨죽이며 균의 눈치를 살피던 족제비가 물었다.

"제가 말입니까요?"

균이 도로 방문을 닫고 대답했다.

"그렇다. 좌의정이 지금 배오개를 차지하려는 게 아니냐? 좌의정은 아마 우리가 끼어들기를 바라고 있을 거다."

"그럼 여기서 다 접어야 할깝쇼?"

고개를 끄덕인 균이 속삭였다.

"그게 좋겠다. 우리가 장 도령 편을 들어 줘도 문제고, 장 도령 자리를 빼앗으려 해도 문제다. 둘 다 좌의정이 친 덫에 걸리는 일이 된다."

고개를 숙이고 있던 족제비가 떨리는 목소리로 말했다.

"장 도령은 잘 모르겠지만, 향실이란 계집종은 조금 불쌍했습니다요! 네네!"

족제비를 바라보며 살짝 미소를 띤 균이 물었다.

"철두는 어떠냐? 분은 좀 삭였고?"

"워낙 힘만 믿고 설치는 녀석 아닙니까요? 도대체 머리란 걸 안 쓰는 놈입니다요! 네네!"

잠시 생각에 잠겼던 균이 입을 뗐다.

"우리가 장 도령 쪽을 도와 줄 이유가 전혀 없다. 좌의정이 과연 배오개를 어떻게 다룰지는 천천히 두고 볼 일이다. 우린 그때 봐서 움직여도 된다."

균이 말을 마치고 족제비를 막 돌려보내려 하는 순간, 방문 밖에서 초희의 헛기침 소리가 들려왔다. 균이 문을 열자 초희가 말했다.

"봉 오빠한테 손님이 한분 찾아왔어."

균이 의아한 표정으로 물었다.

"그게 왜?"

족제비를 발견한 초희가 눈인사를 하고 대답했다.

"둘째 오빠가 너보고 안채로 빨리 오라던데?"

"누가 찾아왔는데?"

초희가 무심하게 속삭였다.

"악공 이한이라던데?"

그 순간 족제비와 균이 거의 동시에 서로를 바라봤다.

악공 이한과 봉은 안채 서재에서 마주보고 앉아 있었다. 초희가 균과 족제비를 데리고 안으로 들어서자 이한의 눈빛이 불안하게 흔들렸다. 그는 잔뜩 겁을 집어먹은 상태였다. 봉이 균에게 말했다.

"이쪽은 악공인 이한이다. 우리에게 도움을 청하고 싶다는데, 너도 알아 둬야 할 것 같아 불렀다."

천천히 고개를 끄덕이고 이한을 자세히 살펴보던 균이 족제비를 소개하며 그날 낮에 벌어졌던 일들을 모두 설명했다. 깜짝 놀란 이한이 눈을 자꾸 깜빡이며 몸 둘 곳을 몰라 했다. 균이 싸늘한 말투로 물었다.

"우리가 왜 이한 악공을 도와야 합니까?"

식은땀을 흘리던 이한이 힘겹게 입을 열었다.

"제가 모시는 형조참판 조성문 영감께선, 이런 말씀 죄송하오나, 동인들과도 두루 친하셨지 않습니까? 지금 큰 곤경에 처하신 듯해 염치 불구하고 이리로 달려오게 됐습니다. 그리고 장 도령은 제 친한 벗입니다. 저기 계신 족제비님께선 잘 아시는 듯한데, 그가 설령 왈짜패 두목 장생이라 해도, 그가 그랬을 땐 무슨 이유가 있었을 겁니다. 그를 살리고 싶습니다."

가만히 이한의 말을 듣고 있던 초희가 불쑥 말했다.

"악공께서도 잘못하신 거예요! 독사의 꾐에 넘어가신 거잖아요?"

고개를 절레절레 흔들던 이한이 말했다.

"독사는 좌의정입니다. 조 참판께선 순진하게 속으셔서 절 끌어들이셨을 뿐입니다."

팔짱을 낀 균이 물었다.

"난 이 모든 게 좌의정이 판 함정일 수 있다고 봅니다. 하나 묻겠습니다. 조 참판 댁에서 어떻게 빠져나올 수 있었습니까? 족제비 말에 따르면, 그 방에는 좌의정과 참판이 함께 있었다고 합니다. 어찌 그 둘도 모르게 그 방안에 있을 수 있었으며, 게다가 어떻게 쥐도 새도 모르게 빠져나올 수 있었을까요?"

봉 역시 이한을 바라보며 물었다.

"그렇지! 좌의정 몰래 몸을 숨기고 있었다고 해도, 조 참판이 이 악공을 순순히 내보내 주진 않았을 텐데?"

크게 한숨을 몰아쉰 이한이 낮은 목소리로 대답했다.

"좌의정이 나타났을 때, 참판께선 저보고 벽장에 숨어 있으라고 하셨습니다. 그 안에서 좌의정이 참판께 하는 협박을 죄 엿들었지요. 너무 기가 막혔습니다! 사람이 그렇게 잔인할 수도 있구나, 너무 놀랐습니다. 그리고 족제비님께서 보신 것처럼 주안상이 들어왔고, 좌의정은 아침 늦게까지 술을 마시다 귀가했습니다. 참판 영감을 너무 함부로 대하더군요."

허봉 형제를 번갈아 쳐다보던 이한이 한숨을 내쉬고 말을 이어갔다.

"전 좌의정이 떠난 뒤 바로 벽장 밖으로 뛰어나가려 했습니다. 사태가 참판께서 하신 말씀과 너무 달리 돌아가고 있었으니까요. 헌데 좌의정 때문에 너무 놀라셨는지 참판께선 제가 벽장 안에 숨어 있다는 사실을 까맣게 잊고 계셨습니다. 어찌 제 존재를 그리 쉬이 까먹으셨는진 저도 모르겠습니다. 아무튼 막 벽장을 나서려는데 밖에 누군가 찾아왔습니다."

"누가?"

봉이 긴장해 물었다.

"우포청 종사관이 보낸 자였습니다."

"왜 왔지?"

"조금 멀어서 잘 들리진 않았습니다만, 장 도령 끄나풀 어쩌고 하면서 향실이란 계집종을 추포했다 하더군요."

봉이 다시 물었다.

"그리고 나서는? 이 악공은 어찌 나왔나?"

"그게 말입니다. 참판께서 넋이 나가신 듯했습니다. 하인들을 불러 대시며 밖으로 뛰쳐나가셨지요."

"그 후 남산 집에 숨어있다 우리에게 찾아왔다?"

"그렇습니다. 조 참판께선 예인들을 워낙 아끼시는 분입니다. 당쟁과도 무관하게 살아오셨지요. 저 같은 천한 악공을 귀한 손님처럼 대우하셨던 분입니다. 장 도령을 넘긴 건 제 실수지만, 그분을 믿었기 때문이었습니다. 억울한 일을 겪거나 어려움에 처한 길거리 예인들을 참 많이도 구해 주셨거든요. 어쨌든 일은 벌어졌고 제가 할 수 있는 일을 도무지 찾을 수 없었습니다. 결국 좌의정을 막아줄 유일한 분들을 이렇게 찾아온 겁니다. 비록 장 도령이 큰 죄를 지었을지라도 제겐 다시없는 벗입니다. 그가 다른 일로 처벌 받더라도, 이번 일만큼은 반드시 되돌려 놓고 싶습니다!"

고개를 조금 숙이며 장탄식을 한 봉이 말했다.

"장 도령이 비록 거리의 가객이나 왈짜에 지나지 않으나, 그와의 의리를 저버린 건 분명 자네 잘못일세. 그리고 안타깝지만 우리 형제는 좌의정으로부터 장 도령을 빼낼 힘까진 없네."

형의 말을 듣고 있던 균이 실망한 이한을 향해 조용히 말했다.

"당장 장 도령을 구할 순 없습니다. 장담은 못하지만 방법을 찾아보겠습니다. 당분간 집으로 가진 마시고 적당한 곳에 숨어 지내시는 게 좋겠습니다."

동생을 힐끗 노려본 봉이 물었다.

"또 협객 흉내 내려는 게냐? 과거 공부에만 집중하라 일렀잖느냐?"

미소 지은 허균이 대답했다.

"누가 직접 나선다고 했나요? 어디선가 의로운 호걸들이 나타날 수도 있잖습니까? 세속의 이익보다 의리를 앞세우라 한 건 바로 형님이었습니다!"

봉은사 초입에 대기하고 있던 가마에 막 오르려던 초희는 자신에게 다가오는 누군가를 발견하고 깜짝 놀랐다. 다가온 젊은 이가 환하게 웃으며 말했다.

"허균 두목에게 물으니 여기 왔다 하더군. 잘 지냈어?"

성대 팔을 반갑게 부여잡으며 초희가 말했다.

"혁중아! 아니 이제 홍길동인가? 이게 얼마 만이지? 많이 컸네?"

고개를 끄덕인 혁중이 초희 얼굴을 오래 바라보며 연신 웃었다. 그를 붙잡고 길가 으슥한 곳으로 움직인 초희가 주변을 경계한 뒤 낮은 목소리로 물었다.

"몸종들이 엿들으면 안 되니까! 어디에 가 있었어? 도사님도 같이 오셨어?"

천천히 고개를 끄덕인 혁중이 대답했다.

"전국 방방곡곡을 떠돌았어. 최근엔 전주 쪽에서 지냈고. 도사님도 당연히 함께 돌아오셨지."

주변을 두리번거리며 초희가 급히 물었다.

"그럼 그림자로 변해 계신가?"

뒷짐을 쥐고 사방을 휘 둘러본 혁중이 대답했다.

"그러시지 않을까나?"

사방으로 눈길을 돌리던 초희가 흠칫 자신의 그림자를 내려다보며 말했다.

"여기 계세요?"

그림자는 변함없이 그대로였다. 혁중의 그림자를 노려본 초희가 말했다.

"이젠 그런 장난 그만 하세요. 유치하게!"

혁중의 그림자 역시 그저 그림자일 뿐이었다. 초희가 심드렁하게 말했다.

"안 계시나 보네. 됐고! 우리 저쪽 언덕까지 산책이나 할까?"

혁중이 고개를 끄덕이자 초희가 그의 손을 꽉 쥐고 걷기 시작했다. 그녀는 한참 동안 아무 말 없이 걷기만 했다. 몸종들이 멀리 뒤떨어진 걸 확인한 초희가 몸을 혁중 가까이 기대며 속삭였다.

"실은 오늘 부처님께 빌었어. 너 빨리 돌아오게 해 달라고. 그랬더니 바로 나타났네? 봉은사 부처님께서 엄청 영험하신가 봐!"

혁중이 멋쩍은 표정으로 말했다.

"나 실은 한양에 온 지 꽤 됐어."

갑자기 잡은 손을 놓은 초희가 혁중을 빤히 노려보며 물었다.

"언제 왔는데?"

혁중이 눈빛이 흔들리며 대답했다.

"얼마 전에."

"얼마 전 언제?"

"그러니까 한 사나흘 전?"

"사나흘? 그럼 족제비랑 악공 이한이란 분이 우리 집에 찾아오기 전?"

혁중이 말없이 고개를 끄덕이자 초희가 두 손을 허리춤에 갖다 대며 쏘아붙였다.

"오호라! 그래서 균이가 호걸이 나타난다는 둥 떠벌렸던 거로군! 다 믿는 구석이 있던 거였어! 왜 나한테 말 안 했어?"

"뭘?"

"뭐긴 뭐? 한양에 왔으면 나부터 만났어야지? 왔으면 왔다고 기별을 했어야지?"

머리를 긁적이던 혁중이 떠듬거리며 대답했다.

"균이 얼굴만 잠깐 보고 숭례문 산채로 가서 무륜당 동지들과 지냈어. 논의할 게 제법 많았거든. 아무튼 그게 설명할 게 많아. 전주에서 있었던 일이며, 앞으로 무륜당이 나갈 길이며. 오늘 겨우 다시 균을 만나러 갔던 거야."

혁중의 어깨를 부여잡은 초희가 근엄하게 속삭였다.

"다 좋아! 이해해! 그래도 난 너의 동지고, 또 너희들의 여두목이야. 맞아?"

혁중이 고개를 끄덕였다. 그의 어깨를 꼭 쥔 초희가 다시 말했다.

"그럼 내게도 알렸어야지. 안 그래?"

혁중이 희미하게 대답했다.

"그래."

숨을 크게 쉰 초희가 혁중의 눈을 뚫어지라 쳐다보더니 갑자기 그를 왈칵 껴안았다. 그녀가 속삭였다.

"보고 싶었어."

혁중이 뭐라고 대답하려 했으나 초희의 큰 키 때문에 얼굴이 그녀 몸에 파묻히고 말았다. 잠시 후 몸을 뗀 초희가 물었다.

"장 도령에 대해선 들었어? 그자도 전주성에서 왔다던데?"

고개를 크게 끄덕인 혁중이 말했다.

"그간 벌어졌던 얘길 다 들었어. 그래서 오늘 균일 찾아갔던 거야."

"장 도령을 알아?"

"알아."

"어떤 사람이야?"

잠시 망설이던 혁중이 차분한 목소리로 대답했다.

"우리가 반드시 구해 줘야 할 사람."

눈을 게슴츠레 뜬 초희가 다시 물었다.

"반드시 구해 줘야 할 사람이라. 왜?"

"장 도령은 남궁 도사님과 같은 스승님께 배운 사람이야. 물론 도사님께선 그 사람과 만난 적은 없으셔. 하지만 스승이신 무주 벽성암의 장로께서 하시는 말씀을 나도 분명히 들었어. 그 사람 성과 이름은 장성이야. 전주 대동계 계원이었고. 나와 도사님도 전주에서 대동계 활동을 도왔었어. 할 말이 너무 많아."

천천히 팔짱을 낀 초희가 혁중을 향해 말했다.

"이거 큰일 났네. 좌의정 황경욱과 정면으로 붙어야 되겠는걸!"

송월정 안채 밀실에서 마주앉은 황경욱과 오 종사관은 권커니 잣거니 여러 잔을 비웠다. 경욱이 호탕하게 말했다.

"오 종사관은 우리 서인의 자랑이에요! 훌륭한 칼이지요! 내 그래서 특히 아껴요! 진즉 이런 자릴 먼저 마련하려 했지만, 뭐 그리 됐어요. 이해해 줘요! 하하!"

고개를 숙인 오 종사관이 불콰한 낯빛으로 대답했다.

"아닙니다! 제가 부족한 게 너무 많았습니다. 대감께서 나와 주셔서 그저 영광입니다."

상대 잔에 술을 가득 부으며 경욱이 속삭였다.

"내 늘 우포청 신세를 져 왔지요. 그건 그렇고, 만나자고 한 이유가 뭔가요?"

오 종사관이 좌의정 옆에 앉아 술시중을 들고 있던 매월이를 바라본 뒤 물었다.

"매월이를 물릴까요?"

곁의 매월이를 힐끗 본 경욱이 손을 휘저으며 대답했다.

"아니에요! 아니에요! 천하의 입 무거운 매월이 아닌가요? 그냥 둬도 돼요! 우리끼리 무슨 재민가요?"

뭔가를 골똘히 생각하는 듯하던 오 종사관이 조심스레 입을 열었다.

"매월이를 물리시면 긴한 일 하나를 아뢸까 합니다만."

경욱의 얼굴이 갑자기 굳어졌다. 그가 미안한 표정으로 매월을 돌아봤다.

"그럼 잠시 나가 있을까?"

머쓱해져 일어나려던 매월이 갑자기 말했다.

"그럼 예전처럼 귀먹은 아이를 들일 테니 맘껏 말씀 나누셔요. 어디 흥을 깨면 되나요?"

오 종사관이 싫다는 뜻으로 고개를 저었지만 경욱이 너털웃음을 웃으며 들이라는 손짓을 했다. 잠시 후 방으로 들어선 건 난희였다. 그녀는 평소 훈련받은 대로 어떤 소리에도 반응하지 않으며 안주를 집고 술잔만 따랐다. 의미 없는 농담만 늘어놓던 오 종사관이 소피가 마렵다며 밖으로 나가자 경욱이 눈을 가늘게 뜨고 난희를 찬찬히 살폈다.

잠시 후 오 종사관이 방문을 살며시 열고 소리 없이 들어섰다. 등을 보이고 앉아 있던 난희 뒤로 성큼 다가선 그가 허리춤 칼집에서 쩌렁 소리를 내며 칼을 뽑아 들고 외쳤다.

"네 이년!"

느닷없는 외침에 놀랄 만도 했지만, 이미 유리 술잔에 비친 종사관의 모습을 보고 있던 난희는 꿈쩍도 하지 않았다. 비로소 마음을 놓았는지 오 종사관과 경욱이 서로를 바라보며 크게 웃었다. 다시 앉은 오 종사관이 속삭였다.

"실은 요즘 제가 재밌는 년 하나를 잡아 두고 있습니다."

"재밌는 년이라. 누구지요?"

"조 참판 댁 계집종 향실이란 년입니다."

술잔을 들려다 멈춘 경욱이 물었다.

"그래서요? 그게 어쨌다는 거지요?"

의아한 표정을 지은 오 종사관이 말을 잇지 못하자 경욱이 나지막이 속삭였다.

"난 죽은 병조판서처럼 아랫사람 비밀이나 훑어 일을 꾸미진 않아요. 그런 잔꾀는 꼭 재앙을 불러요. 좌포청 임달충을 생각해 보세요. 그자가 어디 병조판서 말을 들었나요? 밑바닥에서부터 자질구레하게 일을 꾸미면, 뭐 그냥 번거롭기만 하고, 또 소득도 없어요. 그게 세상 이치예요."

물끄러미 경욱을 바라보던 오 종사관이 물었다.

"그렇다면 좌의정 대감께선 다른 큰 계획을 세우셨단 뜻입니까?"

술잔을 비운 경욱이 난희를 슬쩍 쳐다본 뒤 입을 열었다.

"이제 다 알려져도 괜찮으니 말해 볼까요? 난 장 도령을 이미 수중에 넣었어요. 벌써 꽤 시간이 된 일이에요."

오 종사관이 입을 벌린 채 말을 하지 못하자 경욱이 다시 속삭였다.

"오 종사관 말처럼 그자가 장생임이 분명해요. 어쨌든 조 참판을 이용해 그를 잡았어요. 지금 조 참판이 애지중지 데리고 있지요."

"참판 댁에 있다면? 그자는 환술을 쓰는데?"

"최면제로 재우고 있어요. 조성문의 성품은 내가 너무 잘 알거든요. 겁보에다 소심해서 감히 내 명을 어기지 못해요. 뭐 참판 집 머슴과 종들 가운데 첩자도 심어 뒀고, 집 밖은 의금부가 멀리서 에워싸고 있어요."

"그렇다면 참판 댁을?"

"맞아요! 하하! 큰 덫이라고 해야 하나요? 아니지, 조 참판 집은 큰 어항이지요! 그 어항에 잔챙이가 걸려도 어쩔 수 없지만, 난 아주 큰 놈이 걸리길 기다리고 있어요."

"잔챙이라면?"

"배오개 왈짜 조직 정도지요. 그걸 꼬투리 삼아 전주성의 역적들과 엮을 순 있겠지만, 내가 바라는 큰 놈은 허봉 형제예요! 동인들 전체로 불길이 번질 테니까요. 안 그런가요? 하하!"

"허봉 형제가 나서겠습니까?"

"조성문이 있잖아요? 조 참판은 동인들과도 아주 친해요. 살기 위해 별짓을 다 할 텐데, 뭐 그러다 보면 엉뚱한 놈이 미끼를 덥석 물기도 하는 법이니까요. 하하!"

경욱의 얼굴을 지긋이 바라보던 오 종사관이 조용히 물었다.

"조 참판을 버리실 요량이십니까?"

고개를 좌우로 까닥대던 경욱이 대답했다.

"역적을 자기 집에 감춰 준 자를 그럼 용서해야 하나요?"

빙그레 미소를 지은 오 종사관이 몸을 경욱 쪽으로 기울이며 말했다.

"그렇다면 제 말을 꼭 들어 주셔야겠습니다."

"계집종 얘긴가요?"

고개를 끄덕인 오 종사관이 목소리를 더 낮춰 대답했다.

"이 계집종이 장 도령과 깊은 관계가 있는 것 같습니다. 일전에 장 도령이 우포청에서 희한하게 죽은 일을 말씀드린 것 기억하십니까? 구더기가 끓어 시신 확인도 못 했습니다. 그게 환술이었던 거지요. 아무튼 그날 장 도령을 풀어 달라며 절 찾았던 그 종년이 장 도령 하수인 녀석과 만나고 있었습니다. 조 참판 부탁으로 풀어 주기는 했지만, 몹시 의심쩍었지요. 그런데 최근 그년 뒤를 밟다가 커다란 쥐새끼 꼬리를 밟은 것 같습니다."

향실 관련 얘기를 자세히 들은 경욱의 얼굴이 차츰 미묘하게 일그러져 갔다. 그가 깊은 생각에 잠긴 표정을 짓다가 종사관에게 말했다.

"듣자 하니 그 계집종, 꽤 쓸모가 있겠군요!"

"그렇지요?"

"조 참판이 우리와 같은 서인이라지만, 충성심은 별로이지 않은가요? 늘 딴 궁리에 그저 놀기에만 바쁘고, 미천한 풍류꾼들과 어울리기나 하고 말이지요. 그런 자들 사이에 끼어든 역적들에게 이용당하기 딱 안성맞춤 아닌가요?"

"그렇지요! 그렇습니다!"

"장 도령 같은 역적이 병을 얻어 참판 집 내실에 숨어 있다면 어떻겠어요?"

"참판 영감은 저희 아버님과도 가까운 사이이긴 합니다만, 역적의 벗도 엄연히 역적일 뿐입니다."

경욱이 속삭였다.

"뭐 어쩌겠어요? 처내야지요! 계집종이 그럴듯한 고변까지 해준다면, 동인 녀석들과 한꺼번에 처내야지요! 조 참판은 모진 고문 몇 번이면 아무 이름이나 마구 댈 위인이에요. 어차피 죽을 거라면 그리 죽는 것도 나쁘진 않지요! 하하!"

흥이 오른 경욱은 매월을 불러 음식을 더 내놓으라고 했다. 밀실 밖으로 나와 있던 난희는 곧장 매월을 향해 달려갔다. 그녀는 매월에게 귓속말로 들은 얘기를 전했다.

매월이 속삭였다.

"어쩐지 기분이 불길해서 널 그 방에 들였다. 황 대감이 참 모질구나!"

난희를 밀실로 되돌려 보낸 매월은 마침 자기 방에 숨어 있던 악공 이한에게로 몰래 달려갔다.

"이한 선생님! 큰일 났습니다! 다 제 불찰 때문입니다. 제 싼 입이 화근이었습니다. 조 참판 어른과는 저도 인연이 깊어 장도령 얘길 전했던 건데, 아이고 이를 어쩌지요?"

자초지종을 전해 들은 이한이 급히 빠져나갈 채비를 하며 말했다.

"참판 어르신뿐 아니라 나까지 역도로 몰리게 생겼구나!"

논쟁

　참판 조성문은 복잡한 정치 문제를 헤아릴 만큼 영리한 사람이 못 됐다. 대충 살아도 세상 부족할 것 없던 부잣집 막내둥이였던 그는 조정의 실력자들과 두루 원만하게 지내며 부귀영화를 누렸지만, 현실에선 유약하고 경솔하기 짝이 없었다. 그런 그가 마침내 인생 최대의 위기에 맞닥뜨리자 그동안 누렸던 풍요로운 예술적 경험은 아무 쓸모가 없었다.
　"난 어리석게도 악귀의 덫에 걸렸어요. 배신당했어요."
　성문은 그나마 믿을 수 있는 아내를 붙잡고 하소연했다. 아내에게서 해결책이 나올 리 없었다. 성문을 감시하도록 좌의정이 심어 놓은 첩자 중 하나였던 늙은 청지기는 그에게 이렇게 말했다.
　"좌의정 대감께서 시키시는 대로 하세요. 지금으로선 장 도령이라도 쥐고 계셔야 살길이 보이십니다."
　청지기의 말이 그럴듯했던 성문은 장 도령이 자기 집에 있다는 사실을 꼭꼭 숨겼다. 가까이 수발을 들던 하인들 몇 명과 청지기를 제외하면 장 도령의 존재를 아는 사람은 참판 부부뿐이었다. 하지만 청지기와 하인 일부가 좌의정의 첩자들이었으니, 진짜 숨겼다고 할 만한 상황은 결코 아니었다.

성문은 무엇보다 향실이가 걱정이었다. 좌의정의 협박에 향실이에 대한 걱정까지 겹쳐지자 그는 자신의 마음을 다스릴 힘을 잃고 빠르게 무너져 갔다. 극도의 두려움에 빠진 그는 자기가 빠진 함정을 제대로 파악하지도 못한 채 이리저리 허우적대기만 했다. 그런 그가 선택한 마지막 전략이 고립이었다.

대문을 닫아걸고 두문불출한 그는 병을 핑계로 조회도 들지 않았다. 하지만 이 선택은 몹시 잘못된 것이어서 누군가 그를 도와줄 가능성도 함께 막아 버리고 말았다. 그를 함정에서 벗어나게 해 줄 유일한 사람, 바로 악공 이한이었다.

뜨내기 예인으로 변장한 이한은 여러 차례 의금부의 포위망을 뚫고 조 참판 집 코앞까지 다가갔다. 하지만 그가 대문을 두드려도 아무 반응이 없었다. 급기야 이한은 참판이 조회에 들 시간에 맞춰 회현방 골목길에 어슬렁대기도 했다. 참판은 끝내 나타나지 않았다.

그러던 어느 날, 송월정 매월의 방에서 숨어 지내던 그에게 청천벽력 같은 소식이 전해졌다. 향월이를 꼬투리 삼아 조 참판 주변은 물론 가까운 동인 세력까지 모조리 역적으로 몰 거라는 매월의 귀띔이 그것이었다.

이한은 마지막으로 목숨을 걸고 회현방으로 향했다. 의금부 나졸들을 속이고 참판 집 주변에 다다른 그의 눈에 우포청 포졸들과 또 다른 정체 모를 관원들 모습이 들어왔다. 삼엄한 감시 탓에 그는 먼발치에서 참판 집 대문만 바라볼 수밖에 없었다. 빠르게 의금부 포위망을 빠져나온 이한은 망설이지 않고 다시 한 번 허봉 형제 집으로 내달렸다. 그로선 그곳이 살아남기 위한 최후의 보루였다.

좌포청 종사관 임달충과 그의 아우 문충은 배오개 장터 국밥집 평상에 나란히 앉아 누군가를 기다렸다. 그들이 국밥 한 그릇씩 뚝딱 해치우고 흥인문을 통해 꾸역꾸역 밀려들어 오고 있는 상인들을 바라보고 있을 때, 등 뒤에서 인기척이 느껴졌다. 달충이 급히 고개를 돌렸다가 실망한 표정을 지었다. 오기로 했던 허균이 아니었다. 그가 다시 흥인문 쪽을 바라보자 등 뒤에서 헛기침 소리가 들려왔다.

"두 분이 임달충, 그리고 문충? 아무튼 형제 되시오?"

달충과 문충이 동시에 고개를 돌려 상대를 살펴봤다. 초립을 쓴 젊은 사내이긴 했으나 허균과 어울리는 무륜당 패거리로는 보이지 않았다. 키는 컸지만 체격이 다부지진 않아 마치 여성처럼 보이기도 했다. 젊은이가 말했다.

"나 허봉 선생이 보낸 사람이오!"

달충은 그제야 몸을 일으켜 상대에게 예를 갖췄다. 문충은 여전히 일어서지 않고 의심스런 눈초리로 젊은이를 쏘아봤다. 고개를 숙여 인사하고 평상에 털썩 주저앉은 젊은이가 주모에게 국밥을 주문하더니 달충을 향해 속삭였다.

"임 종사관께선 정녕 절 몰라보시겠습니까?"

달충이 평상에 앉아 상대의 얼굴을 찬찬히 뜯어보고 대답했다.

"난 초면이오만."

갑자기 키득대던 젊은이가 정색을 하고 말했다.

"눈썰미가 좋지 않으시군요? 허허!"

문충이 팔짱을 끼며 물었다.

"분명 허봉 선생 서찰에선 허균이 나올 거라 했었는데? 도대체 너 누구지?"

젊은이가 허리를 쭉 펴며 대답했다.

"저 초희입니다! 그저 남장을 조금 했을 뿐인데, 종사관께선 전혀 몰라보시는군요?"

달충이 놀란 표정으로 초희 얼굴을 자세히 살피더니 마침내 무릎을 치며 크게 웃었다.

"이제 기억난다! 예전에 허봉 장령과 좌포청 병력을 내달라며 찾아왔었지! 깜빡 속았구나! 왜 네가 나온 것이냐?"

초희가 주변을 둘러보며 목소리를 낮춰 대답했다.

"둘째 오빠와 균이는 함부로 나올 수가 없습니다. 아무래도 미행이 붙지 않겠습니까? 그래서 제가 대신 나왔습니다."

문충이 물었다.

"서찰로 대강 사정은 파악했지만, 거 뭘 어떻게 도우면 되오?"

초희가 긴장한 표정으로 대답했다.

"이미 아시겠지만, 조 참판 댁에서 누굴 구해내야 합니다. 최근 의금부 쪽 포위망이 느슨해졌어요. 좌의정이 방심한 틈에 번개처럼 데리고 나올 겁니다!"

문충이 심드렁한 표정으로 불쑥 말했다.

"그럼 당신들이 번개처럼 데리고 나오면 될 거 아뇨?"

한숨을 쉰 초희가 부드러운 표정으로 대답했다.

"말씀 들으셨을 텐데, 저흰 우포청도 칠 생각이에요. 초립둥이들이 아무리 강해도 역부족입니다. 도와주세요!"

한참을 생각에 잠겼던 달충이 말했다.

"우리 형제는 나라의 녹을 먹는 무관들이다. 역모의 중좌가 뚜렷했던 지난번하고는 사정이 많이 다르다. 하지만 직접 나설 수 없는 균이 사정도 딱하다. 무엇보다 나 살자고 병조판서를 제거함으로써 황 대감이 저리 날뛰도록 만든 데에 내 책임이 아주 없다 할 수 없다. 우리 형제는 그저 강호의 의리 때문이 아니라, 스스로 지은 업보를 갚는다는 마음으로 이번 일을 돕겠다!"

초희가 환한 미소를 지으며 엄지를 치켜세웠다.

달충 형제와 헤어진 초희는 일부러 배오개 장터를 빙빙 돌다 저물녘에야 집으로 향했다. 인적이 드문 골목에 접어든 그녀가 자신의 그림자를 보고 속삭였다.

"따라붙은 자는 진짜 없었어요?"

그림자가 살랑살랑 춤추며 대답했다.

"없었대도 그러는구나. 안심하거라!"

뒷짐을 지고 그림자 위를 빙글 돈 그녀가 다시 물었다.

"기찰포교들 이젠 지긋지긋해요! 다 때려서 쫓으면 안 돼요?"

그림자가 길어지더니 일부가 튕겨나가 담장에 붙었다. 담장에서 소리가 들려왔다.

"그래도 산채는 안전하니 얼마나 다행이더냐?"

담장을 향해 초희가 말했다.

"임달충 종사관 형제에 대해 말씀해 주세요!"

"뭘 말이냐?"

"믿을 수 있겠죠?"

"음. 나처럼 오래 살다 보면 말이다. 사람이 다 거기서 거기니라."

"그럼 믿을 수 없단 말씀이세요? 알쏭달쏭한 거 전 싫어요!"

담장에 붙었던 그림자가 다시 초희 그림자에 달라붙으며 속삭였다.

"믿지 않으면 어쩌겠느냐? 경비병 수가 줄었다고는 하나 포청과 훈련원의 정예병들이다. 초립둥이들 쇠뇌는 멀리 있을 때만 쓸모가 있다. 붙어서 싸우려면 그들이 필요하다!"

초희가 길가 나무에 기대며 물었다.

"도사님께서 단숨에 쓸어버리실 순 없어요? 그럼 혁중이가 고생 안 해도 되고."

그림자가 나무를 타고 오르며 대답했다.

"얘기했잖느냐? 화마와 싸울 때처럼 한 번에 몰아 쓴 기력은 빨리 회복되지 않는다."

말없이 고개를 끄덕인 초희가 발걸음을 산채 쪽으로 돌렸다. 그림자가 물었다.

"집으로 가지 않을 셈이냐?"

초희가 걸음을 재촉하며 대답했다.

"정 늦어지면 제겐 도사님께서 계시잖아요? 혁중이가 뭐 하는지 궁금해요."

그림자가 앞장서며 말했다.

"기왕이면 성문 닫히기 전에 가자꾸나."

"정여립 장군은 역도가 아니라 성인이셨어! 힘없는 약자를 구원하고 진정 덕이 있는 자만이 왕이 될 수 있는 새로운 대동 세상을 열려는 진짜 스승이셨어!"

혁중이 산채의 무륜당 동지들에게 큰소리로 말했다. 그가 다시 외쳤다.

"적서차별을 철폐한다고 끝나는 게 아니야! 우리 같은 서얼들이 벼슬을 얻는다 해도 세상은 근본적으로 바뀌지 않아. 이 세상의 질서를 새로 세우지 않는 한 부패한 탐관오리들은 계속 나타날 수밖에 없어! 왕의 권력이 세습되는 한 공정과 평등은 공염불인 셈이지!"

구석에 앉아 있던 균이 천천히 일어서며 말했다.

"오랜만에 산채에 오니 좋은 말을 많이 듣게 되는군. 좋아! 난 길동 두령 말이 원칙적으론 옳다고 봐. 하지만 대동계는 가난한 백성들을 먹고살 수 있게 해 주고, 가르쳐 주고, 결국 저 홀로 당당히 살 수 있게 해 주자는 모임 아닌가? 근데 그걸 누가 해 주지? 생각해 봐! 누군가 그렇게 해 주는 거잖아? 그게 왕인 거야!

왕 없는 세상을 만들기 위해 왕이 필요한 거라고! 길동 두령 말은 옳지만 실현하긴 어려워."

혁중이 균을 바라보며 말했다.

"대동계에는 왕이 없어. 먼저 깨달은 사람이 있을 뿐이야. 먼저 본 사람이 뒤늦게 보는 자들을 도울 따름이라고! 그러니 그는 왕도 아니고, 왕이 아니니 물려줄 자리 따위도 없어. 비록 어쩔 수 없어 왕이라 불린다 해도, 우리가 아는 타고난 왕은 결코 아니야. 그저 얼마 동안만 자리를 지키다 다음 왕에게 양보하는 거라고."

균이 말했다.

"아주 거창한 말이지만, 우리 무륜당 강령을 넘어서는 일이야. 왕 없는 세상에서 누구나 돌아가며 왕이 되자는 거잖아? 그러려면 우선 지금의 왕을 없애야 해! 하지만 우린 지금 좌의정 하나도 어쩌지 못해 힘들어하고 있어."

혁중이 고개를 저으며 입을 열었다.

"우린 애초 좌의정 하나로 해결될 수 없는 문제를 해결하려 했던 거야. 잘 생각해 봐! 강자량 대감을 없앴더니 황경욱 같은 자가 나타났어. 황경욱을 없애면 이 문제가 해결될까? 아니야! 다른 좌의정이 또 나타나게 될 거야. 이건 끝없이 되풀이될 일이야. 왕이 사라져야만 이 문제가 끝나!"

잠시 바닥을 바라보던 균이 말했다.

"정여립이란 분은 뜻은 비록 바르지만, 끝내 실패할 걸? 당장 왕을 없앨 수 없기 때문이야! 좌의정을 없애 봐야 다른 좌의정이 나타날 거라 그랬나? 왕도 마찬가지야. 지금의 왕을 없애도 곧 다른 왕이 나타나! 왕은 그저 자리고, 자리 자체는 없앨 수 없는 거야."

혁중이 물었다.

"우린 뭘 어떻게 해야 하지?"

균이 중앙으로 나서며 대답했다.

"우선 왕을 바꿔야 해! 우리 가운데 가장 현명한 자로 왕을 바꿔야 해! 요임금이나 순임금 같은 왕으로! 그런 왕이 먼저 나타나서 그 후에 세상을 바꾸면 되는 거야. 백성들을 데리고 세상부터 바꾸려 들면, 결국 역도가 돼 죽임을 당할 뿐이야. 순서가 잘못됐어!"

균의 말이 끝날 무렵, 산채 밖에서 초희의 목소리가 들려왔다.

"왕 얘기 다 했으면 내가 들어가도 되나?"

혁중과 초희는 숭례문에서 남산으로 이어지는 성곽 길을 따라 걷다가 순라군이 없는 틈을 타 아예 성곽 위에 나란히 걸터앉았다. 초희가 혁중의 어깨에 기대며 속삭였다.

"왕 없는 세상이 가능해?"

하늘의 별을 무심히 바라보던 혁중이 초희 어깨를 감싸며 대답했다.

"모든 백성이 평등해지면, 그 백성 중 하나를 왕으로 세우는 거야. 이름은 비록 왕이라지만 그건 더 이상 왕이 아닌 거지."

가늘게 한숨을 내쉰 초희가 다시 물었다.

"그럼 여자도 왕이 될 수 있나?"

초희를 물끄러미 바라보던 혁중이 대답했다.

"그럼! 당나라 측천무후를 생각해 봐! 여자라고 왕이 되지 말란 법은 없어."

초희가 얼굴을 들어 혁중 입술에 부드럽게 입 맞추고 말했다.

"거짓말! 봉은사 스님들께 같은 질문을 할 때마다 다들 말로는 너처럼 대답했어! 속으론 그럴 리 없다고 생각하고 있는 걸 난 알아. 뭐 그런 걸 어쩌겠어? 내가 시대를 잘못 태어난 걸!"

혁중이 초희를 품에 안으며 말했다.

"난 초희 누나를 진짜 존경해. 누나라는 말이 저절로 나오려는 걸 참는 거야. 그러니 잘못 태어난 시대 따위는 잊자! 우린 초희와 혁중의 시대를 그냥 살면 돼! 누구나 자기 계절 하나쯤은 가지고 있거든."

"네 계절은 뭔데?"

"겨울!"

"겨울? 왜?"

"봄을 기다릴 수 있으니까."

"음. 그럼 난 뭘 거 같아?"

"초희의 계절? 글쎄. 내겐 사시사철이 초희의 계절이야."

초희가 키득대며 웃다 성곽 위에 서며 말했다.

"난 가을이야. 겨울이 오기 전에 뭔가 찬란한 걸 빨리 만들어야 하는. 그래서 난 늘 쫓겨."

"뭐에 쫓겨?"

"나 자신에게! 아무것도 이루지 못한 채 평범해질까봐 너무 두려워. 그래서 너희들과 함께 있으려고 노력하는 거야. 나 이래봬도 엄청 애쓰고 있는 거야. 그건 알아? 슬픈 노력을 하고 있어. 넌 모르는!"

혁중이 몸을 일으켜 초희 옆에 나란히 서며 말했다.

"난 모르지 않아. 나도 그런 노력을 하고 있는 거거든."

초희가 혁중을 끌어안으며 속삭였다.

"넌 홍길동이야! 절대 평범할 수가 없다고!"

둘이 깊이 포옹하고 있을 때, 성곽 담벼락을 이리저리 오가던 그림자가 휘파람을 불었다. 휘파람 소리 쪽으로 고개를 돌린 초희가 물었다.

"순라군이 와요?"

그림자가 캑캑대며 기침을 하다 겨우 대답했다.

"나 있는 걸 알았던 게냐? 그런데도 그런 장관을 보였구나? 보기 좋다! 좋아!"

초희가 혁중에게 말했다.

"이제 집으로 갈게. 도사님께서 심술이 나셨나 봐."

그림자가 다시 마른기침을 시작했다. 초희가 말했다.

"이번에 장 도령과 향실이란 계집종만 구하면, 너 나랑 절에 가서 약속이라도 하자."

"무슨 약속?"

초희가 혁중을 그윽이 바라보며 대답했다.

"너 내 신랑 된다는 약속! 좌의정이 복수한다고 난리일 텐데, 뭐 언제 죽을지도 알 수 없고. 나 처녀귀신 되고 싶진 않거든."

구출

흥인문에서 훈련원 쪽으로 가다 보면 명철방에 이르게 된다. 명철방에 딸린 동네 중 남산자락 가까이 자리 잡은 청교동은 지방 각지에서 올라온 놀이꾼들인 잡색들이 모여 사는 곳이었다. 이곳은 한수가 무리에서 홀로 떨어져 숨어 있는 곳이기도 했다. 그는 파란 두건들에게 한양 곳곳으로 흩어지라고 지령을 내린 뒤 배오개에서도 손을 뗐다. 견고하기만 하던 배오개 점조직은 장 도령을 잃자마자 제대로 돌아가지 않더니, 한수와 두건들마저 나타나지 않자 흐지부지 무너졌다.

잡색들 사이에 숨어 버티던 한수는 어느 순간 인내력이 바닥나고 말았다. 환술을 써 참판 집에서 쉽게 빠져나올 줄 알았던 장 도령은 여전히 소식이 끊긴 채였고, 향실의 상태도 알 수가 없었다. 그는 걸인으로 변장하고 우포청으로 접근했다. 원수는 외나무다리에서 만난다고 했던가. 하필 우포청에서 나오던 떡배의 예리한 눈에 한수가 걸리고 말았다.

"거기 멈춰라!"

돌아서서 발길을 옮기려던 한수에게 떡배가 소리쳤다. 몸을 비스듬히 돌린 한수가 얼굴을 숙이고 말했다.

"쇤네 그저 불쌍한 걸인인뎁쇼?"

조금씩 한수에게 다가오던 떡배가 낮은 소리로 속삭였다.

"보아하니 거지는 거진데, 내가 그 눈빛을 잊을 거라 생각했느냐?"

한수는 튕기듯 몸을 날려 운종가 쪽으로 달렸다. 떡배는 한수 뒤를 따라 뛰며 소매에서 작고 예리한 표창을 꺼냈다. 표창 하나가 한수 귓가를 스치고 상점 나무기둥에 박혔다. 놀란 한수는 인파 속으로 섞이기 위해 시전 방향으로 몸을 틀었다. 그가 두 번째 표창을 가까스로 피하며 지나가던 노새 등을 타넘는 순간, 세 번째 표창이 날아와 어깨에 박혔다.

어깨에서 표창을 빼낸 한수가 다시 뛰려 했지만, 떡배가 쥔 칼이 이미 자신의 목을 겨눈 뒤였다. 한수가 떡배 쪽으로 천천히 몸을 돌리며 주변을 둘러봤다. 그의 예민한 코로 익숙한 냄새가 맡아졌다. 한수가 살짝 웃었다.

"왜 웃지?"

떡배가 의심스런 눈초리로 쳐다보며 물었다.

"너 말이야."

"나? 내가 뭐?"

어깨 상처를 손으로 지혈하며 한수가 속삭였다.

"다신 그 다리로 못 걸어."

떡배가 싸늘하게 웃으며 칼을 쥔 손에 힘을 줬다. 그때 구경꾼들 속에 숨어 있던 파란 두건 셋이 바람처럼 각기 다른 방향으로 퍼지며 달려왔다. 떡배의 시선이 흐트러지자 한수가 그의 손등을 발로 차 칼을 떨어뜨렸다. 곧이어 두건 셋이 동시에 떡배를 공격해 땅바닥에 쓰러뜨렸다. 떡배에게 다가간 한수는 상대 다리를 들어올려 두 손으로 고정시킨 뒤 오른발로 힘차게 돌려찼다. 뼈 부러지는 소리와 떡배의 비명소리가 함께 울려 퍼졌.

청교동까지 쉬지 않고 내달린 한수와 파란 두건 셋은 큰 느티나무 아래에서 멈췄다. 한참을 헉헉대며 숨을 고른 한수가 물었다.

"회현방 동태부터 살피라고 하지 않았소? 도와준 건 고맙지만 장 도령님이 먼저요."

바닥에 주저앉아 땀을 훔치던 두건 한명이 말했다.

"회현방은 말도 마시오! 외곽 경계는 풀린 것 같은데, 거 뭐야. 참판 집 주변을 지키는 놈들이 장난 아니요!"

한수가 두건에게 다가가며 물었다.

"장난이 아니라니?"

"그 말 그대로 장난 아닌 놈들로 바뀐 것 같소. 안에서 뭔가 벌어지는 것 같긴 한데, 도저히 다가갈 엄두가 안 났소!"

"정예병들이라는 건데. 다른 변화는 없었소?"

이번엔 다른 두건이 입을 열었다.

"한수 동지! 조금 이상하게 들리겠지만, 우릴 알아보는 자를 만났지 뭐요?"

두건 옆에 다가앉으며 한수가 물었다.

"우릴 알아보는 자라면 포청 놈들인데?"

두건이 소리를 낮추며 속삭였다.

"포청이나 관가 쪽은 분명 아니었소. 우리는 딱 보면 알지 않소? 회현방을 막 벗어나려는데 그자가 슬쩍 말을 건네 오는 게 아니겠소?"

"그자?"

"당연히 남자였으니까 그자지! 아무튼 척 보니 시정잡배이긴 한데, 너무 진지하더라고. 게다가 배오개 사정도 훤히 꿰고 있는 게, 뭐 그쪽 왈짜 출신 같던데? 슬슬 떠봤지만 첩자는 단연코 아니었고! 아무튼 그자가 한수 동지를 만나고 싶다고 했소."

"나를?"

"그렇소! 한수 동지를 알던데? 박치기 칭찬도 하고. 아무튼 계속 찾고 있었다고 했소."

"날 왜 찾지?"

"함께 힘을 합치자든가 뭐라든가, 뭐 그러더라고? 아무튼 나도 이상하긴 했는데, 너무 진지해서 무시하기도 그랬소. 한수 동지에게 빨리 알려야겠기에, 그래서 급히 우포청으로 갔던 거요. 근데 가길 참 잘했지! 큰일 날 뻔했소! 내참!"

세 번째 두건이 이어서 말했다.

"거 어깨 상처가 깊진 않은 것 같은데, 그자가 오늘 피맛골에서 기다린다나 뭐라나? 장소까지 일러 주던데? 가보는 게 우리한테 좋을지 나쁠지는 바이 모르겠소!"

피맛골 약속 장소에 도착한 한수는 언제든 빠져나갈 수 있는 도피로를 확보한 채 멀리서 상황을 엿보고 있었다. 두건들이 그자라고 부른 자는 빈 지게를 지고 나타나겠다고 한 터였다. 이윽고 날렵한 동작으로 약속 장소에 나타난 그자는 빈 지게를 가게 앞에 부려 놓고 천연덕스럽게 막걸리를 홀짝댔다.

양반가 머슴으로 위장한 한수는 그자가 기다리다 지칠 때까지 모습을 드러내지 않았다. 해가 저물 무렵, 실망한 표정이 역력한 그자는 빈 지게를 둘러매고 운종대로로 향했다. 그는 자꾸 주변을 두리번거리며 광통교로 방향을 틀었다. 주변에 다니는 인파가 줄어들 즈음 한수가 그자 등으로 잽싸게 다가가 속삭였다.

"내가 한수요. 돌아보진 마시고."

몸을 약간 움찔한 그자가 걸음걸이를 그대로 유지하며 대답했다.

"안심해도 된다고 했는데, 참 의심 많으시네?"

단검을 살며시 뽑아 든 한수가 빠른 말투로 물었다.

"당신 정체가 뭐지?"

걷는 속도를 약간 줄인 그자가 귀찮다는 듯 대답했다.

"이래뵈도 내가 배오개 패두였다 이 말씀이야! 나 없는 사이 주인이 갈렸는지는 몰라도, 나한테 감히 이러면 안 되지? 암!"

갑자기 그자가 몸을 홱 돌려 한수를 노려봤다. 족제비였다.

"너 저번에 박치기로 포교를 때려눕힌 친구 맞지? 그, 뭐냐, 어떤 계집종하고 막 뛰던데? 그걸 내가 다 봤어!"

의아한 표정을 지은 한수가 성큼 뒤로 물러섰다. 족제비가 다시 말했다.

"너 철두도 꺾었잖아? 서열이 두 번째야? 젊어서 출세했구먼! 그건 그렇고 우리 조용히 얘기나 나누면 어때? 의심 그런 거 좀 그만 하고!"

족제비를 말없이 바라보던 한수가 속삭였다.

"여기서 얘기 빨리 끝내고 사라지시오."

입맛을 쩍 다신 족제비가 뒷짐을 지며 천천히 말했다.

"내 소개를 제대로 못 했구먼? 나 대단한 놈이야! 잘 알아 둬! 철두가 내 동생이라 이거야! 내 밑! 내 발 아래!"

한숨을 쉰 한수가 몸을 돌려 떠나려 하자 족제비가 서둘러 말했다.

"장 도령 구해야 될 거 아냐?"

몸을 서서히 다시 돌린 한수가 족제비를 향해 다가갔다. 족제비가 급히 말했다.

"나 네 편이야! 우리가 다 네 편이라고!"

"어떻게 당신이 내 편이지?"

"복잡해! 아주 복잡해! 실은 나도 심부름 왔어. 누가 널 데려오라고 했거든. 암튼 장 도령 구하려면 날 따라와."

족제비 손에 이끌려 숭례문 밖 산채에 들어선 한수는 곧장 몸을 움츠리며 싸울 자세를 취했다. 덩치 큰 철두가 제일 먼저 눈에 띄었기 때문이다. 철두 역시 크게 흥분해 철퇴를 집어 들더니 한수에게 사납게 달려들었다. 한 동안 산채는 아수라장으로 변했다.

사태가 진정되자 우두머리인 듯한 초립둥이가 앞으로 나서며 물었다.

"듣자 하니 너와 장 도령이 전주성에서 올라왔다고?"

한수가 대답하지 않자 우두머리가 다시 말했다.

"나 역시 얼마 전 그곳에서 돌아왔다. 내 이름은 홍길동이었다. 들어 봤나?"

한수가 놀란 표정으로 몸을 움찔했다. 홍길동 혁중이 조용히 속삭였다.

"서로 만나진 못했다 해도 홍길동이란 이름은 분명 들어 봤을 거다. 난 정여립 장군과 함께 있었다. 네가 만일 대동계 일원이었다면, 결국 우린 동지다."

숨이 거칠어지던 한수의 어깨에서 힘이 조금씩 빠져나갔다. 활시위처럼 팽팽히 당겨졌던 그의 몸이 차츰 순해졌다. 한수가 말했다.

"제 이름은 한수라고 합니다. 무주 벽성암에서 장 도령님과 함께 수련했었습니다."

혁중이 한수에게 가까이 다가가며 물었다.

"장 도령과 형제 사이냐?"

고개를 천천히 저은 한수가 대답했다.

"형제는 아닙니다. 전 벽성암 장로께서 길에서 주워 기른 고아였습니다."

한수의 말이 그치자마자 그림자 하나가 산채 벽을 너울거리며 옮겨 다니더니 사람처럼 말을 했다.

"장 도령 얘기는 장로님께 익히 들었느니라."

그림자에서 물컹한 검은 덩어리로 화한 남궁두가 혁중 옆으로 다가갔다. 그 모습을 지켜보던 한수가 말했다.

"그건 장로님의 그림자 둔갑술인데? 그걸 어떻게?"

조금씩 사람 모습을 갖추며 남궁두가 속삭였다.

"나도 장로님 밑에서 수행했던 자다. 아주 오래된 일이지. 나 역시 장 도령처럼 득선에 실패하고 이리 세상을 떠돌고 있다."

고개 숙여 예를 표한 한수가 말했다.

"뵙게 되어 영광입니다. 많은 가르침 내려 주십시오!"

남궁두가 한수의 몸 주변을 한 바퀴 돌며 물었다.

"네 재주는 무엇이냐? 뭔가 하난 얻었을 것 아니더냐?"

"애초 크게 도를 이룰 도골도 아닌 데다, 수련에도 게을러 몸 쓰는 기술밖엔 없습니다."

"장 도령은?"

"환술을 터득하셨습니다."

남궁두가 천천히 뒤로 물러나자 혁중이 물었다.

"그 좋은 환술과 격투술을 지니고 왜 한양 장터로 왔지?"

한수가 처음으로 앳된 표정이 되어 대답했다.

"세상이 살벌해지며 언제 토벌대가 들이닥칠지 알 수 없었습니다. 정 장군께선 남아서 싸울 자와 살아서 대동정신을 퍼뜨릴 자를 나누셨습니다. 저희는 후자를 선택했습니다. 홍길동이란 이름을 그 무렵 들었던 것 같습니다."

가늘게 한숨을 내쉰 혁중이 다시 물었다.

"장터에서 뭘 하려고 했느냐 물었는데?"

한수가 가슴을 펴며 대답했다.

"장 도령님께선 대동계에 참여한 옛 무관 시절 동료들을 모아 한양으로 가자고 하셨습니다. 모두들 싸움에 능해 한양 저자 패거리쯤은 단숨에 이길 거라 하셨지요. 낮의 왕이 될 수 없다면, 밤의 왕이라도 되어 세상을 바꿔 보자시면서요."

한수에게 천천히 다가간 혁중이 상대 어깨를 살며시 다독였다.

회현방 조 참판 집 주변을 지키던 우포청 포졸들과 훈련원 무관들은 어느 순간 자취를 감췄다. 대신 외곽 경계를 서던 의금부 최정예 나장들이 그 자리를 채웠다. 의금부가 전면에 나선 건 장 도령 사건을 역모죄로 다루겠다는 좌의정의 강력한 의지를 반영한 것이었다. 물론 참판은 이를 알 리 없었다.

깊은 밤, 참판은 홀로 내실에서 잠들어 있었다. 가노 몇 명이 사방에 횃불을 밝히고 내실 주변을 지켰지만 대부분 오합지졸에 불과했다. 잠든 참판의 얼굴은 평화롭지 않았다. 그는 운종가 약재상으로부터 얻은 최면제와 땀이 난 장 도령의 몸을 가끔 뒤집어 말려 줄 부채를 양손에 쥐고 불편한 자세로 잠에 빠져 있었다. 그런 그의 몸 위로 그림자 하나가 살며시 덮이더니 누워 있는 장 도령 쪽으로 움직였다. 그림자는 초췌한 모습의 장 도령 주변을 이리저리 맴돌았다.

내실 밖으로 빠져나온 그림자는 안채 뒷문을 향해 조심스레 움직이더니 물렁물렁한 덩어리로 바뀌기 시작했다. 손 모양으로 변한 덩어리의 일부분이 빗장을 밀어내고 문을 천천히 열었다. 곧이어 문 안으로 들어선 건 철두와 족제비 그리고 초립둥이들이었다.

졸고 있던 가노들은 저항 한번 못해보고 초립둥이들의 주먹에 기절해 버렸다. 내실로 뛰어든 철두가 급히 장 도령을 등에 업자 족제비와 초립둥이들이 주위를 에워쌌다. 잠에서 막 깨어나 엉거주춤 일어선 참판은 그저 멍하니 그 광경을 바라보고만 있었다.

철두를 앞세운 초립둥이들이 들어왔던 안채 뒷문을 통해 빠져나갈 때, 뒷문 밖을 지키다 철두 주먹에 쓰러졌던 의금부 나졸 한 명이 가까스로 의식을 되찾고 호각을 불었다. 그와 동시에 회현방 곳곳에서 호응하는 호각소리와 징소리가 울려 퍼졌다.

가장 뒤에 나오던 족제비가 급히 호각을 부는 나졸을 때려 기절시켰지만, 이미 때를 놓친 뒤였다.

당황한 철두가 숭례문 방향으로 온힘을 다해 뛰기 시작하자 초립둥이들과 족제비가 그 뒤를 바싹 따라붙으며 달렸다. 선두에 선 철두가 막아서는 나졸들을 발로 툭툭 걷어차 넘어뜨리자 초립둥이로 위장해 있던 달충과 문충이 철두에게 소리쳤다.

"여긴 우리가 맡을 테니 뒤로 돌아 가게!"

철두가 달충 형제 뒤로 물러나 반대 방향으로 우회하려 하다가 깜짝 놀라 멈춰 섰다. 어느새 여기저기서 쏟아져 나온 정예 나장과 나졸들이 뒤쪽 골목을 꽉 채우며 달려오고 있었다. 달충 형제는 그제야 사태의 심각성을 깨달았다. 문충이 형에게 외쳤다.

"함정이요! 기다리고 있었구먼!"

방향을 다시 튼 철두가 앞으로 나아가며 새로 나타난 나장들을 상대했지만 나장들의 실력도 만만치 않아 힘이 장사인 그조차 차츰 지쳐갔다. 족제비가 철두 등에 업힌 장 도령을 엄호하는 데에도 한계가 찾아오기 시작했다. 그나마 달충 형제와 초립둥이들이 뒤쪽에서 달려드는 나장과 나졸들을 잘 막아내고 있었다. 철두 못잖은 역사인 문충은 단 한 번의 주먹질로 세 명의 나졸들을 쓰러뜨렸다. 문제는 아무리 때려눕혀도 상대 숫자가 조금도 줄어들지 않는다는 것이었다. 노련한 나장이 이끄는 나졸들은 이 골목 저 골목에서 꾸역꾸역 자꾸만 튀어나왔다.

달충 형제마저 땀을 비 오듯 흘리며 힘에 부쳐 하고 있을 때, 갑자기 나타난 커다란 그림자가 나졸들이 든 등불들을 뒤덮어 꺼 버렸다. 사방이 새카만 어둠 속에 잠기자 나졸들의 숫자는 한순간 무용지물이 됐지만, 맨 앞에 선 철두 역시 더 이상 앞으로 나아갈 수 없었다. 그렇게 잠시 소강상태가 이어졌다.

얼마의 시간이 지나자 철두 앞쪽에서 웅성거리는 소리가 어지럽게 들려왔다. 연이어 부싯돌 부치는 소리가 나더니 골목 앞쪽이 환하게 밝혀졌다. 철두가 무언가를 발견하고 흠칫 뒤로 물러섰다. 훈련원 무예별감과 정예 궁수들이 화살을 겨누고 앞을 막아서고 있었다. 또 그 뒤로는 창을 든 장창수와 방패를 든 팽배수들이 삼엄하게 대오를 이룬 채 돌격 명령만 기다리고 있었다.

"이건 뭐 전쟁을 하자는 건가?"

족제비가 허탈하게 중얼거렸다. 장 도령을 천천히 땅바닥에 내려놓은 철두가 소리쳤다.

"오늘이 죽을 날인가 보오! 족제비 형님! 형님과 척지고 나도 마음 안 좋았는데, 뭐 한 자리에서 죽을 팔자라 그랬나?"

초립둥이들과 달충 형제가 원형으로 진을 만들며 육박전 태세를 취하자 무예별감이 한 발 나서며 외쳤다.

"너희들을 사주한 원흉들 이름만 고분고분 불면, 다 살 수 있다! 어리석게 저항 말고 투항하라!"

그 말을 들은 초립둥이 한 명이 속삭였다.

"홍길동 패두뿐만 아니라 허균 두령까지 잡을 속셈이군!"

궁수들이 첫 발을 쏘려고 시위를 막 당길 때, 허공 어디선가 커다란 목소리가 들려왔다. 그림자로 공중에 펼쳐져 있던 남궁두였다.

"너희는 나만 믿거라. 날 믿고 그냥 앞으로 나아가거라. 한 명도, 단 한 명도 죽지 않는다!"

족제비가 눈살을 찌푸리며 하늘을 향해 물었다.

"어찌 안 죽소? 죽을 때 죽더라도 바보처럼 죽진 않으리오!"

남궁두가 한숨을 쉬고 다시 외쳤다.

"숭례문 산채에서 듣지 않았더냐? 난 장로 밑에서 수련하다 아주 긴 수명을 얻었다."

"그게 이 족제비랑 무슨 상관?"

"난 그걸 너희들에게 나눠줄 수 있다. 목이 떨어져 나가거나 숨이 아예 끊어지지 않는 한, 너흰 죽지 않는다! 날 믿고 길을 뚫고 앞으로 나아가거라!"

족제비가 철두를 바라보며 속삭였다.

"기왕 뒈질 거, 어디 한번 믿어보자! 어차피 딴 수도 없잖아?

장 도령은 힘없는 내가 우선 잠시만 업고 있으마! 어여 뛰어! 어여!"

철두가 용감하게 무예별감을 향해 뛰기 시작했다. 별감이 뒤로 물러서자 궁수들이 화살을 쏘았다. 화살이 철두 급소 여기저기에 날아와 박혔지만, 쓰러질 듯하던 그는 연거푸 다시 일어나며 전진을 멈추지 않았다. 화살로 벌집이 된 철두는 마침내 무예별감과 궁수들을 차례로 메다꽂았다.

깜짝 놀란 장창수들이 몇 걸음 후퇴했다. 그들 머리 위로 초립둥이들과 달충 형제가 마치 우박처럼 떨어져 내리더니 팔꿈치와 무릎으로 한 명씩 제압해 나갔다. 근접전에서 긴 창은 짧은 단검보다도 오히려 쓸모가 없었다. 초립둥이들은 예리한 단검으로 찍고 후비고 뺐다. 장창수들은 무거운 갑옷으로 몸을 보호하고 있었지만, 오히려 그 탓에 동작이 둔해져 제대로 된 방어조차 해볼 수 없었다. 그들은 속수무책 무너지고 말았다.

장 도령을 엄호하며 땅바닥에 누워 있던 족제비가 천천히 몸을 일으켜 세우며 뒤쪽 골목에 모여 있던 나장과 나졸들을 바라봤다. 그들이 눈이 휘둥그레지며 수군거렸다. 족제비의 몸 이곳저곳엔 화살이 꽂혀 있었다. 그가 자신의 몸을 살핀 뒤 뒤쪽으로 성큼 다가가자 나졸들이 먼저 주춤거리며 뒤로 물러섰다. 족제비가 갑자기 이상한 비명을 지르자마자 용맹했던 나장들마저 싸울 뜻을 잃고 앞다퉈 줄행랑을 놓았다.

힘겹게 장 도령을 등에 업은 족제비가 앞쪽으로 몇 걸음 내디뎠다. 여기저기 널브러진 장창수들 사이로 문충이 다가오더니 장 도령을 받아 자기 어깨에 둘러맸다. 팽배수들이 도망친 어두운 골목길 한복판엔 지친 철두와 달충이 기다리고 서 있었다. 여기저기 버려진 방패들을 발로 치우며 철두가 말했다.

"길을 비워 놨소! 족제비 형님, 빨리 갑시다!"

장 도령이 참판 집에서 구출되고 있던 시각, 한수는 불러 모은 배오개 패거리들과 우포청 근처에 몸을 숨기고 있었다. 향실이 걱정된 한수는 한시라도 빨리 포청 안으로 진입하고 싶었지만, 장 도령을 먼저 구한 뒤에 움직이라는 홍길동 혁중의 명령을 어길 순 없었다. 그는 참고 참으며 구출 소식이 오길 기다렸다.

회현방 소식을 알려줄 전령은 끝내 오지 않았다. 불안해진 한수가 막 물러나려고 하는 순간, 전령 대신 혁중이 나타났다. 혁중은 파란색 괴물 탈을 쓴 두 명을 함께 데리고 왔다. 달충과 문충이었다.

"사정이 있어 조금 늦어졌다. 장 도령을 구했으니 안심해라."

말을 마친 혁중이 우포청 쪽을 주시했다. 그 사이 초립둥이 두 명이 달구를 양쪽에서 부축해 안고 도착했다. 두 초립둥이는 이곳저곳 부상을 입은 상태였다. 혁중이 빠르게 말했다.

"회현방은 함정이었다! 다들 도사님 덕에 목숨은 부지했지만, 대부분 화살에 부상을 입었다. 도사님께서도 수명을 지나치게 나눠주시다 지치셨다! 회복하실 시간이 필요해 같이 오실 수 없었다."

한수가 초조한 눈빛으로 급히 물었다.

"장 도령님께선?"

혁중이 나지막한 음성으로 대답했다.

"몸에 욕창이 조금 있지만, 아주 건강하다."

한수가 안심한 표정을 지으며 물었다.

"이제 어찌해야 합니까?"

시선을 우포청에서 떼지 않으며 혁중이 대답했다.

"이것도 함정일 거다. 좌의정이 우리 머리 꼭대기에 있었던 것 같다. 여기서 물러서는 게 맞지만, 향실이란 아이는 오늘밤 안으로 구하지 못하면 죽는다. 좌의정은 증좌를 없애려 무슨 짓이든 할 사람이다."

한수가 근심스런 표정으로 다시 물었다.

"저와 배오개 패가 먼저 쳐들어가면 안 됩니까?"

혁중이 고개를 가로저으며 대답했다.

"함정이라 말하지 않았느냐? 우포청에 매복한 포졸들이 생각보다 아주 많을 거다. 게다가 회현방 소식을 들은 좌의정은 의금부 병력도 동원할 게 뻔하다. 어차피 숫자로는 우리가 상대할 수 없다. 머리를 쓰자."

"어떤 머리 말씀입니까?"

"우선 향실이가 살아있는지부터 확인해야 한다. 그리고 도사님께서 회복해 도착하실 때까지 시간도 벌어야 하고. 그러려면 저 달구가 반드시 필요하다."

한수가 앉은뱅이 달구 쪽을 슬쩍 돌아봤다. 달구가 씩 웃으며 속삭였다.

"젊은 친구가 날 못 믿는가배? 산채에서 홍길동 두령과 다 궁리하고 왔으니 걱정 마서! 걱정일랑은 붙들어 매시고, 내가 신호하면 재깍 받아먹으라고! 알간?"

거적을 몸에 두르고 우포청 앞으로 천천히 기어간 달구가 소란을 피우기 시작했다. 그를 알아본 포졸들이 만류했지만 달구의 목청은 더욱 높아졌다.

"여기 내 뇌물 안 먹은 포졸 놈들 있나? 안 그래? 포교들도 나오라 그래! 다리병신 됐다고 이러기야? 다 내 밑에서 먹고살았잖아? 내 억울해서 왔다. 알간?"

우포청 안에서 포교 둘이 뛰어나오더니 달구를 달래기 시작했다. 하지만 술에 취한 척 바닥을 나뒹구는 달구를 제압하기는 어려웠다. 소동이 점점 커지자 퇴청했어야 할 오 종사관이 청사 밖으로 모습을 드러냈다. 단단히 무장한 상태였다.

"뭐 하는 놈이냐? 썩 꺼져라! 아니면 베겠다."

달구가 오 종사관을 올려다보며 속삭였다.

"이거 영 안 보이시던 분인가배? 나 왕년엔 종사관 나리들하고도 술 마셨던 몸이요! 달구!"

달구를 그윽이 노려보던 오 종사관이 주변을 천천히 둘러봤다.

"네 녀석, 혹시 첩자냐?"

달구가 침을 꼴깍 삼켰다. 그러자 칼을 빼 달구 목을 겨눈 오 종사관이 금방이라도 벨 기세로 다시 물었다.

"누가 널 보냈느냐?"

잠시 머리를 긁적이던 달구가 대답했다.

"실은, 실은 말입니다. 제가 받을 빚이 많습니다!"

말을 마친 달구가 칼날로부터 슬쩍 목을 비켰다. 송충이 같은 눈썹을 꿈틀대며 오 종사관이 물었다.

"빚? 누구에게 무슨 빚?"

고개를 바짝 쳐든 달구가 재빠르게 대답했다.

"우포청 나리들 다 제게 빚이 있습니다. 노름빚에 술빚이며 챙겨드린 쌈짓돈이 얼마인지도 모릅니다! 그 장부를 제가 쥐고 있는데, 이거, 이거 너무 심하게 구박하시는 겁니다."

칼을 거둔 종사관이 속삭였다.

"장부? 장부라."

천천히 달구 앞에 앉은 종사관이 물었다.

"그 장부에 적힌 게, 포청 관원들만이냐? 아니면 더 윗분들까지냐? 대답이 좋으면 넌 살고, 아니면 여기서 죽는다."

달구의 얼굴이 파랗게 질렸다.

"조정 높으신 어른들 성함이야 제가 어찌 압니까? 그냥 호조나 형조 관리들이 돈 내놓으라면 내놓는 거지요? 그게 어디까지 가는진 저야 모릅지요!"

고개를 천천히 끄덕인 종사관이 포졸들을 돌아보며 말했다.

"이놈 재밌는 녀석이다. 끌고 가서 옥사에 가둬라. 전옥서로 옮기지 말고 여기 그냥 둬라. 써먹을 데가 있는지 봐야겠다."

말을 마친 종사관이 청사 안으로 먼저 들어가자 달구는 따로 옥사로 옮겨졌다. 옥사로 가던 달구는 주변을 휘 둘러보다 다른 감옥 한 구석에 묶여 있는 향실을 발견했다. 그가 옥리에게 슬쩍 물었다.

"혹시 저년이 향실인가?"

옥리가 달구를 감옥 바닥에 내려놓으며 대답했다.

"이름을 어찌 아누? 조그만 계집이 아주 독해. 아무리 족쳐도 불질 않아. 그래서 먹을 것도 안 주고 저리 놔두고 있지."

고개를 끄덕인 달구가 갑자기 배를 부여잡고 신음하기 시작했다. 그가 급한 목소리로 소리쳤다.

"아무거나 주워 먹었더니 배탈이 났소! 여기 변기통만으론 감당이 안 돼! 아이고! 감옥 바닥 더러워지면 포졸들만 힘들지 않겠소? 아유, 나 죽네!"

크게 한숨을 내쉰 포졸이 달구를 안고 측간 쪽으로 움직였다. 뜨락을 나서자마자 달구가 크게 휘파람을 불었다. 옥리가 야단치자 더 크게 휘파람을 분 달구가 외쳤다.

"이리 안하면 바로 일이 벌어진다 이 말씀이요! 아이고! 아이고, 나 죽네!"

달구가 분 휘파람 신호로 향실이가 살아있음을 확인한 혁중이 한수에게 말했다.

"나는 임 종사관 형제와 의금부 쪽을 맡겠다. 너는 도사님께서 도착하실 때까지 기다렸다 향실이를 꼭 구해라. 숫자로 불리하니 절대 먼저 나서지 말고! 꼭 도사님을 기다려야 한다! 알았지?"

한수가 고개를 끄덕이자 혁중은 달충 형제를 데리고 의금부 쪽을 향해 쏜살같이 사라졌다. 배오개 패거리들을 골목길 깊숙이 배치한 한수는 이번엔 남궁두를 하염없이 기다려야 했다. 그는 부상 입은 두 초립둥이에게 회현방에서 있었던 일을 자세히 들었다. 그렇게 또 한 식경이 흘러갔다.

한수가 지쳐 깜빡 선잠에 빠져들 때, 뭔가 물컹한 것이 그의 얼굴을 툭 쳤다. 소스라치게 놀라며 벌떡 일어선 한수 앞에 검은 덩어리가 떡 버티고 서 있었다. 남궁두였다.

"한수야! 잘 듣거라! 내가 기력이 완전히 돌아오진 않았다. 하지만 향실이란 계집종이 언제 죽을지 알 수 없는 터, 포청 안에 들어가 빼내 보긴 할 테니, 밖에서 기다렸다 잘 받아내기만 하거라! 알겠느냐?"

"네. 도사님!"

말을 마친 남궁두는 그림자로 변해 우포청 안으로 스며들었다. 매복한 포졸들 숫자가 엄청났다. 그 위치 하나하나를 꼼꼼히 살핀 남궁두는 옥사 구석구석을 훑기 시작했다. 달구를 살짝 지나쳐 향실에게 다가간 그가 속삭였다.

"놀라지 말고 듣거라."

고된 옥살이에 지쳐 잠들어 있던 향실이 겨우 눈을 뜨고 주위를 둘러봤다. 아무도 없었다. 환청을 들었다고 의심한 그녀가 도로 눈을 감으려 하자 목소리가 다시 들려왔다.

"난 장 도령 친구니라. 그러니 너무 놀라지는 않겠지?"

화들짝 놀라 눈을 뜬 그녀 발치에 이리저리 움직이는 그림자가 드리워 있었다.

"환술 같은 것이니 침착하거라! 알겠느냐?"

고개를 끄덕인 향실이 얼굴이 밝아지며 물었다.

"장 도령님께서 보내셨나요?"

그림자는 대답 없이 옥사 밖으로 사라졌다. 한참 후 되돌아온 그림자에는 돌기처럼 물컹한 손이 돋아나 있었다. 그 손에는 옥리 허리춤에서 빼내 온 옥사 열쇠가 들려 있었다. 감옥 문을 열고 수갑까지 풀어준 그림자가 속삭였다.

"지금 옥리들은 모두 잠들어 있다. 아까 참판 놈에게 훔친 최면제를 코에 잔뜩 발라 뒀거든! 우선 빨리 여기서 벗어나자꾸나. 옥사 밖으로 나가면 오른쪽 뒷마당에 우물이 있을 거다. 그 뒤 은행나무까지만 가면 담장 밖으로 뛰거라. 내가 받쳐 주마! 그곳에 널 도와줄 사람들이 기다리고 있다"

옥사 밖으로 뛰쳐나간 향실은 망설이지 않고 오른쪽 뒷마당으로 내달렸다. 뒷마당을 지켜야 할 포졸들은 마침 달구가 벌인 소동을 수습하는 와중에 대부분 정문 쪽으로 몰려가 있었다. 오직 살아야겠다는 생각만이 그녀 머릿속에 가득찼다. 한수와 또 놀고 싶었고, 장 도령과 하늘도 다시 날고 싶었다. 힘차게 몸을 솟구친 그녀는 우물 모서리를 딛고 은행나무 위로 뛰어올랐다. 허공에 붕 뜬 그녀는 장 도령을 믿었다. 장 도령의 요술과 그의 꿈을 믿었다. 그녀 몸이 도로 땅으로 떨어지려 할 때, 남궁두의 물컹한 팔이 빠르게 다가가 향실을 살짝 튕겨 올렸다. 빙글 회전한 향실은 포청 담장 밖 짚더미 위로 나뒹굴었다. 기다리고 있던 한수가 빠르게 다가와 그녀 손을 잡아 일으켰다.

의금부에서 말에 오른 금부도사는 우포청을 향해 맹렬한 속도로 달리고 있었다. 좌의정의 하수인이었던 그는 옥사에 갇혀 있는 계집종 하나를 빨리 처형하라는 밀명을 받고 있었다. 회현방에서 장 도령을 놓친 좌의정으로선 남은 증좌부터 서둘러 없애야만 했다.

금부도사가 모는 말이 우포청을 향해 왼쪽으로 머리를 돌릴 때, 달리는 속도가 잠시 줄어들었다. 그 순간 정체 모를 검은 물체가 금부도사 앞을 막아섰다. 금부도사가 외쳤다.

"웬 놈이냐? 난 금부도사다. 썩 길을 비켜라!"

물체는 조금의 움직임도 없이 길을 막고 서 있더니 금부도사를 향해 조금씩 다가왔다. 사람이라기보다 사람 형상을 한 그림자에 가까웠다. 급히 말에서 뛰어내린 금부도사가 칼을 빼들었다. 순식간에 다가온 그림자가 그의 몸을 휩싸자 근처 골목에서 튀어나온 혁중이 공격을 시작했다. 금부도사가 휘두르는 칼을 요리조리 피하던 혁중이 자기가 나왔던 어두운 골목길로 조금씩 움직이더니 안쪽으로 휙 사라졌다. 그림자의 방해로 시야를 제대로 확보하지 못한 금부도사는 혁중이 사라진 골목 안으로 무모하게 뛰어들었다. 그는 어둠 속에서 기다리던 달충과 문충이 동시에 휘두른 주먹에 뒤로 벌렁 쓰러지고 말았다.

기절한 금부도사의 모자와 옷을 벗겨내 몸에 걸친 혁중은 번개처럼 말에 올라 우포청을 향해 내달렸다. 우포청 입구에 도착한 그는 포졸들에게 죄수를 인수하러 왔다고 외쳤다. 옥사로 안내된 혁중이 잠에 곯아떨어진 옥리들을 크게 꾸짖고 포졸들에게 향실과 달구를 당장 끄집어내라고 호통쳤다. 향실이 보이지 않자 당황한 포졸들은 혁중을 의심할 겨를도 없이 달구부터 덜컥 내주고 말았다.

혁중이 달구를 데리고 포청 정문에 이른 순간, 옥사 쪽에서 큰 소동이 벌어졌다. 포졸들이 뺨을 때리자 겨우 잠에서 깬 옥리들이 향실이 사라진 사실을 깨닫고 소리를 지르고 있었다. 달구를 양 옆에서 부축해 데리고 나오던 포졸들 중 한 명이 혁중에게 물었다.

"어디다 태웁니까요? 죄수를 실을 수레라든가, 다른 말은 안 가져오셨습니까요?"

당황한 혁중이 어색하게 웃으며 대답했다.

"내 몹시 급하여 말 한 필밖에 가져 오지 못했다. 죄수를 말에 태우고 난 걷겠다. 이놈을 말안장에 얹고 내 허리띠로 묶자!"

포졸들이 의아한 표정으로 서로를 바라볼 때, 뒤쪽에서 오 종사관이 달려 나오며 소리쳤다.

"금부도사! 거기 서 보시오!"

혁중이 천천히 몸을 돌리자 종사관이 느릿느릿 다가오며 말했다.

"죄수를 데려가시려면 판의금부사께서 발급한 서류도 필요하고, 또 제 승인도 받으셔야 하거늘, 뭐가 그리 급하시기에 이러십니까?"

혁중의 얼굴을 자세히 살핀 종사관이 피식 웃으며 다시 말했다.

"어린 녀석이 변장술이 한참 모자라구나. 향실 년도 네놈이 빼돌렸느냐?"

그때 금부도사를 따르는 의금부 호위무관인 백호 수십여 명이 뒤미처 우포청 앞에 도착했다. 불안하게 깜박이는 달구의 눈을 지그시 바라보고 난 혁중이 백호들에게 우렁차게 외쳤다.

"우포청 종사관을 당장 포박해 압송하라! 대역죄인 향실을 의금부 허락도 없이 사사로이 빼돌리고, 중요 죄인을 내주지 않으려 하니 이는 역도가 틀림없다!"

어리둥절한 표정의 백호들이 엉거주춤 칼집에 손을 대며 오 종사관에게 다가가기 시작했다. 혁중이 다시 백호들을 다그쳤다.

"아까 판의금부사께서 하신 명령을 잊었느냐? 역도인 향실이를 당장 죽이라 하시지 않았더냐? 그런데 그년을 이자가 빼돌리고 내주지 않으니, 바로 이자가 역도 아니더냐? 내 말이 틀렸다면 종사관은 당장 향실이를 내 앞에 대령하렷다!"

오 종사관이 칼을 빼들고 소리쳤다.

"이놈은 가짜다! 판의금부사께서 발부한 인수명령서를 보여 봐라! 없다면 가짜 금부도사를 이 자리에서 참수하겠다!"

백호들과 포졸들이 멈칫대며 서로를 향해 칼을 겨눌 때, 그들 사이를 큰 그림자가 가로지르며 괴성을 질렀다. 크게 소란이 일자 혁중은 그 어수선한 틈을 타 달구를 어깨에 메고 뛰기 시작했다. 그는 저 멀리 서서 기다리고 있는 달충 형제를 힐끗 확인하고 그쪽으로 온힘을 다해 내달렸다.

어깨에 매달린 달구가 외쳤다.

"절 놓고 가십쇼! 나뿐 짓만 한 데다가, 다리도 병신입니다."

달구 말을 무시한 혁중은 그를 둘러멘 팔에 더욱 힘을 줬다. 달충 형제 바로 뒤로 한수 패거리도 보였다. 혁중은 그들이 기다리고 있는 좁은 골목길 입구를 향해 혼신을 다해 달리고 또 달렸다. 바로 그 뒤를 바싹 뒤쫓던 오 종사관이 장검을 두 손으로 모아 쥐고 몸을 솟구쳤다. 그가 활강해 내리며 칼을 막 휘두르려 했다. 혁중과 달구의 몸이 곧 두 동강이 날 판이었다. 그 순간 종사관의 몸이 다시 위로 둥실 떠오르더니 거꾸로 땅에 처박혀 버렸다. 그는 다시 일어나지 못했다.

참혹하게 구겨진 종사관의 몸 옆으로 장 도령이 살짝 착지했다.

"조금 늦었나? 회복도 하고 족제비인지 뭔지 하는 자한테 쓸데없는 얘기도 듣느라 늦었는데."

골목 가장 안쪽에 있던 향실이 장 도령에게 다가가며 속삭였다.

"나타나실 줄 알았어요."

심판

 자기 집 서재에서 금부도사가 보내올 소식을 초조하게 기다리던 좌의정 황경욱은 함께 앉아 있던 형조판서에게 말했다.
 "오늘 밤 우포청 일만 깔끔하게 해결하면 돼요. 그럼 아무 일도 안 일어나요! 암! 회현방에서 일이 틀어진 건 참 아쉽지만, 뭐 다음 기회라는 게 또 있는 법이니까! 안 그런가요? 하하! 우리 여유를 좀 가져 보면 어떨까요? 우리가 어디 우리만 있습니까? 우리 뒤에 서인당이 떡하니 시퍼렇게 버티고 있잖아요?"
 형조판서가 불안한 표정으로 말했다.
 "날도 밝아오려 하는데, 그리 태평스레 달콤한 말이 나오십니까? 회현방에 놓은 덫이 뚫렸다면, 우포청마저 그리 됐을지 모르는 거 아닙니까? 장 도령을 놓친 마당에 우포청에 침입한 역도들마저 사로잡지 못한다면, 그럼 어찌 됩니까? 게다가 그 계집종 혀는 어찌 막는단 말입니까? 조 참판이야 반병신이 됐으니 그렇다 쳐도, 그년이 허봉 형제 수중에라도 들어가면 골치 아픕니다! 이건 뭐 오 종사관으로부터 소식도 없고, 그년 목을 벴다는 금부도사 전갈도 없습니다. 제 속이 이리 다 타들어 가는데, 무슨 서인당 타령이십니까?"

노여움으로 얼굴이 떨리던 좌의정이 낮은 목소리로 말했다.

"지금의 판의금부사를 그 자리에 앉힌 건 형판이 아니시던가요? 의금부가 일을 그르친다면, 그게 과연 제 잘못인가요? 아니면 형판 잘못인가요?"

눈을 부릅뜬 형조판서가 두 주먹을 움켜쥐며 말했다.

"허허! 죽은 병조판서에게 모질게 구실 때 내 진즉 알아봤습니다만, 좌상께선 참으로 앞뒤가 다르십니다그려!"

"앞뒤가 다르다고요? 제가요?"

"그렇습니다! 지난번 판의금부사가 누구였습니까? 바로 좌상께서 임명하셨던 병조판서가 겸직했잖습니까? 사람을 잘못 앉히고 그 책임만은 지지 않으신 게 과연 누구였습니까? 병조판서가 그 지경이 된 데에는 좌상 책임도 크다고 생각합니다만!"

"내 책임? 역적질을 한 게 내 책임?"

"아닙니까? 병조판서가 어리석긴 했지만, 잘 다독여 품으면 또 어떻습니까? 동인당인 허봉의 고변을 냉큼 받아 같은 서인을 그리 성급히 죽이셔야만 했습니까? 죽은 병조판서를 가장 믿음직하다 하셨던 게 바로 좌상이셨습니다만!"

"그거 형판 생각인가요? 아니면 다른 사람들도 그리 생각한다는 건가요?"

"사람 마음 다 똑같습니다. 일을 조용히 처리하신다면서요? 지금 이러시는 게 일을 조용히 다루시는 겁니까? 알고 보면 다 좌상 대감 자기 잘되자는 욕심 탓이 아닙니까?"

온몸을 부들부들 떨며 좌의정이 벌떡 일어섰다.

"형판! 정녕 그리 생각한다면, 내 집에서 썩 물러가세요!"

몸을 일으킨 형조판서가 뒷짐을 지고 나가려다 등 뒤를 향해 속삭였다.

"그리고 말입니다. 우연히 들었는데, 조성문한테 조만간 형조판서 자리를 주시겠다고 하셨다면서요? 형조참판이 판서가 되는 게 뭐 이상한 일이겠습니까마는, 그리 되면 전 뭐가 되나요? 좌의정 자리라도 물려주시려 하셨습니까?"

형조판서는 뒤도 돌아보지 않고 밖으로 휑하니 나가 버렸다. 혼자 우두커니 서 있던 좌의정은 분을 삭이지 못해 벼루를 집어 들어 형조판서가 나갔던 방문 쪽을 향해 집어던졌다. 큰 소리가 나자 머슴들이 놀라 뛰어왔다. 좌의정이 입술을 뒤틀며 말했다.

"다 스님이 사라져서다. 그 스님만 돌아오시면, 조선은 내 세상이란 말이다. 알겠느냐?"

머슴들이 서로를 바라보며 수군거렸다. 좌의정이 소리쳤다.

"빨리 대문에 나가 금부도사가 오고 있는지 보고 오너라! 날이 밝고 있다!"

머슴들을 대문으로 보내고 다시 혼자 앉은 좌의정은 뜻 없이 자기 얼굴을 주무르기도 하고 호두알을 쥐고 돌리기도 하며 안절부절 못했다. 하지만 금부도사는 끝내 오지 않았다.

날이 밝고 한참 지나서야 금부도사 대신 그의 상관인 판의금부사가 좌의정을 찾아왔다. 자기 앞에 앉는 판의금부사의 낯빛을 살피며 좌의정이 조심스레 물었다.

"어찌 직접 오셨는가? 역도들은 잡아들였나요?"

어두운 표정의 판의금부사가 고개를 저으며 대답했다.

"괴한들이 대담하게도 우포청 옥사에 침입해 죄수를 빼내 갔습니다."

좌의정이 머리를 감싸 쥐며 말했다.

"이거 큰일이로군요! 훈련원 정예병까지 내줬건만, 의금부는 어찌 회현방도 그렇고 하는 일마다 구멍이 숭숭한가요? 허봉 집을 털어보는 건 어떤가요? 역도 장 도령과 그 졸개인 계집종이 거기 숨었을지 모르는데."

판의금부사가 야릇한 미소를 지으며 말했다.

"좌상 대감 부탁으로 이번 일을 진행시키긴 했습니다만, 석연치 않은 구석이 한둘이 아닙니다."

좌의정이 불안한 표정으로 물었다.

"뭐가 석연치 않나요?"

판의금부사가 싸늘한 말투로 대답했다.

"그자가 장 도령이든 장생이든 백성들의 풍속을 해치고 장터를 함부로 휘어잡았다면, 잡아들여 처벌하면 그만입니다. 헌데 우포청에서 한 기찰 내용을 아무리 살펴봐도 역모를 꾸몄다는 뚜렷한 증좌는 보이지 않습니다. 저희 의금부 나장들도 그런 기미를 발견하지 못했다 들었습니다. 그리고 향실이란 계집종 말입니다."

"그년을 도로 잡아들이면 일이 잘 풀릴 거예요! 암!"

"죽은 오 종사관이 그 계집종을 심문한 기록을 들여다봤습니다만, 어디에도 역모와 연관된 내용이 보이지 않더군요. 애초 급히 목을 자를 이유가 없었다는 뜻입니다. 참으로 이상하지 않습니까? 나라를 뒤집을 반역을 꾸몄는데, 그 큰일에 이토록 자취를 하나도 남기지 않을 수가 있겠습니까?"

좌의정이 눈을 부릅뜨고 말했다.

"그렇다면 역도 장 도령을 숨겨 온 조성문을 먼저 족쳐 보세요! 그자는 배짱도 없고 마음이 약해 역도들 이름을 술술 불어 댈 거예요! 독한 고문 몇 번이면 돼요!"

판의금부사가 입술을 뒤틀며 속삭였다.

"실은 그게 더 문제입니다."

"뭐가 더 문제지요?"

판의금부사가 뭔가 말을 꺼내려다 망설이기를 되풀이했다. 마침내 그가 입을 열었다.

"오늘 아침 일찍 조성문 영감이 의금부에 찾아와 고변을 했습니다."

당황한 좌의정이 급히 물었다.

"아니 그 바보가? 감히 무슨 고변을? 그것도 의금부에?"

판의금부사가 나지막이 소리를 낮춰 대답했다.

"바로 좌상 대감에 대한 겁니다."

좌의정이 온몸을 부르르 떨며 말을 잇지 못하자 판의금부사가 덧붙였다.

"조 참판께선 좌상 대감과는 많이 다른 얘기를 하고 있다 들었습니다. 장 도령을 잡아두라고 지시한 게 바로 좌의정 대감이라고 하셨답니다! 역도를 잡으셨으면 바로 관가에 알리셨어야지, 무슨 꿍꿍이로 그러신 것입니까? 게다가 향실이란 참판 댁 계집종을 뚜렷한 죄상이 없음에도 우포청에 가뒀다고도 하신다는군요? 아까 말씀드렸듯이, 죽은 오 종사관이 써 둔 심문 서류엔 참수형에 해당할 내용이 전혀 안 보였습니다. 당장 목을 쳐야 할 죄가 없었다는 겁니다. 이게 다 안 이상하십니까?"

좌의정이 대답 없이 숨만 몰아쉬었다. 벌떡 일어선 판의금부사가 밖으로 나가려다 말고 다시 말했다.

"제가 서인당과 좌상 대감을 위해 일을 하긴 합니다만, 대감! 판의금부사는 바로 접니다! 비록 의금부 압송까진 승인했지만, 제게 알리지도 않으시고 금부도사를 시켜 죄인에게 형을 집행토록 하는 일이 어찌 가능합니까? 이 일은 좌상 대감과의 의리로 덮도록 하겠습니다만, 조 참판의 고변 건은 반드시 짚고 넘어가겠습니다."

등을 보이고 방문을 나서려는 판의금부사를 향해 좌의정이 외쳤다.

"자네! 형조판서와 짰나? 아니면 조 참판과 친해서 그러는 건가?"

대청마루에 앉아 장화를 신으며 판의금부사가 대답했다.

"제가 형조판서 대감과 나쁠 사이는 아니지요. 절 임금님께 천거하신 분 아니십니까? 허나 그게 이 일과 무슨 상관이겠습니까? 짰다니요? 말씀이 지나치신 것 아닙니까? 그리고 조성문 영감과는 한때 술과 풍류로 어울리긴 했었습니다. 다른 건 몰라도 그분이 벼슬욕심이 없음만은 잘 알고 있습니다. 남을 미워해 고변을 할 분도 더더욱 아니지요. 그리고 말입니다."

마당에 내려선 판의금부사가 뒷짐을 쥐고 등을 돌린 채 덧붙였다.

"제가 분명 조금 전 오 종사관이 죽었다 말씀드렸을 텐데요? 제 앞에서 그리 칭찬하시던 무관 아니었습니까? 그런 충복이 죽었는데, 단 한 말씀도 없으셨습니다그려!"

말을 마친 판의금부사는 천천히 걸음을 옮겨 좌의정의 집을 벗어났다.

의금부를 거쳐 사헌부에 전해진 조성문의 고변 문서는 사간원과 홍문관이 함께 참여한 삼사 심의를 거쳤다. 일부 서인들의 반대에도 불구하고 심의 결과는 임금에게 전달됐다. 노발대발한 임금은 사건을 의정부에 내려 보냈다. 용서할 뜻이 없다는 뜻이었다.

영의정이 주관한 의정부 회의에서 서인과 동인은 황경욱의 처분을 두고 다시 한 번 불꽃 튀는 설전을 벌여야 했다. 입씨름은 끝이 없었고, 그 사이 좌의정은 온갖 인맥을 동원해 법망을 빠져나가려 했다. 의정부는 최종 결정을 형조에서 내리도록 해달라는 보고서를 임금에게 올렸다. 우유부단했던 임금은 의정부 의견을 받아들였다.

형조판서는 먼저 좌의정의 벼슬을 빼앗아 힘을 뺀 뒤, 조성문과 대질을 시켰다. 겁 많고 물정에 어두웠던 성문은 비록 사내

답지는 못했지만, 한때 벗이었던 좌의정의 허물을 낱낱이 밝히는 데에 주저하지 않았다. 그가 주저리주저리 늘어놓는 말 때문에 사건의 본질은 가끔 흐려지고, 허균 형제와 악공 이한은 물론 송월정 기녀 매월과 난희까지 증인으로 불려가야만 했지만, 형조는 마지막까지 좌의정을 겨눈 칼끝을 거두지 않았다. 성문은 그 와중에도 향실에 관한 말은 한 마디도 하지 않았는데, 덕분에 그녀가 형조에 불려가는 일도 없었다.

임금이 전 좌의정 황경욱을 거제도로 유배 보내라는 형조의 건의를 받아들였을 때, 숭례문 밖 산채에서는 조촐한 연회가 열렸다. 바로 향실이 때문이었다. 고변 사건을 마무리 지은 조 참판은 천인을 양인으로 만드는 속량 방식을 통해 향실의 노비 신분을 풀어 줬다. 그리하여 그녀는 어엿한 상민으로 스승인 악공 이한의 집에서 함께 살 수 있게 됐다.
"축하해요. 향실 씨!"
초희가 향실의 어깨를 감싸며 말했다.
"고맙습니다. 초희 언니!"
향실이 흐뭇한 표정으로 대답했다.
"내 향실이를 위해 노래나 한 곡조 뽑아 볼까?"
장 도령이 말하자 악공 이한과 향실이가 각각 해금과 장구를 잡았다. 장 도령은 구성진 남도 메나리곡을 뽑았다. 아스라이 옛 추억에 잠긴 한수가 콧노래를 흥얼댔다. 남궁두와 나란히 앉아 무릎장단을 맞추던 균이 노래가 다 끝나자 향실에게 물었다.

"향실은 성이 뭐지? 이제 양인이 됐으니 당당히 성을 써도 좋지 않을까?"

갑자기 표정이 굳어진 향실이 입술을 꼭 깨물었다. 초희가 웃으며 말했다.

"균아! 짓궂긴! 양반 아니면 성이 어디 있어?"

그때 달구가 큰소리로 말했다.

"상놈도 요즘엔 다 성이 있소! 저 족제비 놈 같은 경우만 빼고! 혹시 족 씨인가? 어쨌든 나를 보란 말이지. 나? 난 도달구요!"

족제비가 험악한 표정으로 달구에게 달려들자 철두가 막아섰다.

"난 성이 없지만 뭐 어때? 아비가 삵이었으니 난 짐승인가? 거 참!"

한참을 땅만 바라보던 향실이 들릴 듯 말 듯 속삭였다.

"제 오빠 성이 김 씨이니, 김 씨로 살래요."

그 작은 소리를 들은 초희가 외쳤다.

"들었지? 오빠 성이면 그게 향실이 성이 맞지! 김향실! 거 좋은데?"

산채 구석에서 말없이 술잔을 기울이던 달충과 문충이 향실 쪽을 바라봤다. 문충이 입을 열었다.

"난 형과 같은 성을 쓰지만, 절대 임문충이라고 내 소개는 안 해! 그냥 문충이 편해! 얼자가 성이 어디 필요 있나? 안 그래, 임달충?"

달충이 말없이 잔을 입에 가져다 댔다. 그때 향실이 다시 들어가는 소리로 속삭였다.

"오빠의 아비와 제 아비는 서로 다른 사람이에요."

그 말도 알아들은 초희가 향실을 물끄러미 바라보고 뭐라 말하려다 멈췄다. 초희 옆에 다가와 앉은 홍길동 혁중이 향실을 향해 말했다.

"더 말하고 싶지 않으면 안 해도 돼. 그게 양인의 자유야."

고개를 끄덕인 향실이 주변 눈치를 보다 숨을 크게 몰아쉬고 말했다.

"제 아비는 일본인입니다. 성은 모르지만 이름은 슌스케라고 해요."

산채 전체가 갑자기 침묵에 휩싸였다. 발그레 붉어진 향실의 볼을 바라보던 혁중이 일어서서 말했다.

"평등한 대동 세상에선 어떤 차별도 없어! 왜인이라 해서 우리와 다를 바는 전혀 없지. 나는 나고, 그리고 초희는 초희고, 그리고 또 향실은 향실일 뿐이야!"

초희도 벌떡 일어서서 말했다.

"들었지? 어떤 차별도 있을 수 없어! 그럼 너희 무륜당 무리 말이야. 아니, 이제 활빈당이라고 하기로 했나? 활빈당 두목은 공부만 하는 샌님인 균도 아니고, 나보다 키가 작은 혁중이도 아니야. 내가 여두목을 할 거야! 그러니 활빈당들은 대동 정신에 따라 나를 따라! 알았지?"

산채 전체가 떠나갈 듯 '초희 두목'을 외치는 소리가 사방에 울려 퍼졌다.

다시 과거 공부에만 몰두한 허균은 활빈당 두령 자리를 초희와 홍길동에게 기꺼이 내줬다. 비록 두령 자리를 내줬지만 그는 여전히 협객이었고 밤의 한양을 사랑했다. 그런 그에게 풀리지 않는 수수께끼 하나가 있었다. 그걸 풀기 위해선 좌의정 황경욱을 한 번 더 만나야 했다.

의금부에서 심문을 마친 경욱은 죄인을 싣는 수레인 함거에 실려 전옥서로 옮겨졌다. 그는 그곳에서 거제로 떠나기 전까지 갇혀 있어야 했다. 함거가 대로를 지날 때, 구경꾼 사이에 슬쩍 섞여 있던 균이 경욱에게 다가가 속삭이듯 말했다.

"대감! 대감! 정신 차려 보시오!"

비록 죄인이었지만 아직은 의관을 단정히 갖추고 앉아 졸던 경욱이 허균을 힐끗 보고 입술을 비틀며 살짝 웃었다.

"네놈이로구나. 어린 녀석이 총명했다만, 여기서 다 끝났다 여기느냐?"

몸을 숙이고 함거 옆에 몸을 붙인 균이 말했다.

"너무 궁금해서 이리 찾아왔습니다."

눈을 감은 경욱이 못 들은 체하자 균이 다시 말했다.

"어떻게 미리 알고 함정을 파두셨습니까? 저희가 회현방과 우포청을 나란히 칠 거란 사실 말입니다. 아무리 찾아 봐도 내부에 배신자는 없었는데, 혹시 대감께서도 환술을 하십니까?"

경욱이 갑자기 맥없이 웃었다. 그가 한참 함거 바닥을 바라보다 나지막이 대답했다.

"난희를 자세히 봤지."

"송월정 기생 난희 말씀입니까?"

"그래. 그년이 귀머거리 행세를 하더구나. 오 종사관이 뒤에서 칼을 뽑아도 꿈쩍을 안 했지."

"귀머거리 아닌 걸 그때 어찌 아셨습니까?"

균을 돌아보며 경욱이 음산한 음성으로 대답했다.

"내겐 환술은 없지만, 그보다 더한 힘이 있다. 바로 미움이지! 미움이 날 강하게 해준다. 집중하게 해주고! 난희 년이 자기 잔을 슬쩍 들어 뒤를 비춰보더구나. 문 열리는 미세한 소리까지 들었다는 거지. 그래서 그 순간 첩자임을 눈치 챘다."

"그렇다면 저희가 덫인 줄 알고도 덫에 들어가도록 일부러 정보를 흘리신 셈이군요?"

"그런 셈이겠지? 조성문 집이 함정인 걸 모를 바보가 있었을까? 핵심은 그런 게 아니야. 조성문이나 장 도령 그리고 향실이란 종년에게 살릴 가치가 얼마나 있느냐, 바로 그거지."

"누구에게 말입니까?"

천천히 움직이던 함거가 덜컹대자 경욱의 몸이 잠깐 크게 흔들렸다. 짜증난 표정을 한 경욱이 이번엔 신경질적으로 대꾸했다.

"누구면 어떠냐? 거미가 거미줄 칠 때 먹이를 가리겠니?"

"애초 정해진 목표물이 없었다는 말씀이신가요?"

입술을 한 번 씰룩인 경욱이 속삭였다.

"목표는 없었지만 거미줄에 걸리는 건 늘 정해져 있지."

"그게 뭡니까?"

"성격이 급하고 많이 움직이는 것들. 동정심 많고 정의 운운하며 나대는 것들. 결국 어린 네놈들이 아니겠느냐? 하하!"

균은 함거가 멀어질 때까지 제 자리에 우두커니 서 있었다. 황경욱이 끝이 아닐 거라는 생각에 등골이 오싹했다. 돈이 도는 자리는 비는 일이 결코 없으니, 반드시 새 주인이 나타나는 법이다.

활빈 2—밤의 왕이 된 도령

등록 1994.7.1 제1-1071
초판 1쇄 발행 2025년 11월 20일

지은이   윤채근
펴낸이   박길수
편집장   소경희
편집·디자인   조영준
관 리   위현정
펴낸곳   도서출판 모시는사람들
          03147 서울시 종로구 삼일대로 457(경운동 수운회관) 1306호
전 화   02-735-7173 / 팩스 02-730-7173
홈페이지 http://www.mosinsaram.com/

인 쇄   피오디북(031-955-8100)
배 본   문화유통북스(031-937-6100)

값은 뒤표지에 있습니다.
ISBN   979-11-6629-249-1   04810
ISBN(세트) 979-11-6629-247-7   04810

* 잘못된 책은 바꿔드립니다.
* 이 책의 전부 또는 일부 내용을 재사용하려면 사전에 저작권자와
  도서출판 모시는사람들의 동의를 받아야 합니다.